그대와
반전하게
연결되길…

♡ 2024년 여름

나를 돌보고 남을 살리는

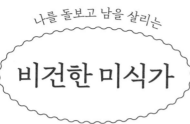

비건한 미식가

초식마녀 식탁 에세이

글·그림 초식마녀

어쩌다 비건 요리 유튜버

나의 영역은 '이 정도면 나도 할 수 있겠는데?'의 '이 정도'를 말하는 것,
'만만한' 실천용 비건 레시피를 공유하는 것입니다.
비건이나 동물권에 관심 없는 사람도 따라 해 먹고 싶은 마성의 채식 조리법을요!

4

이번 생에 절대 할 수 없을 거라고 생각했던 두 가지를 하고 있는데, 하나는 '비건'이고 다른 하나는 '유튜버'입니다. 심지어 그 두 가지를 콜라보한 비건 유튜버를 하고 있습니다. '나 원래 이런 사람 아닌데…' 하며 우물쭈물하는 동시에 묘하게 집요한 구석이 있어서, 정신을 차려보니 대한민국에서 비건 콘텐츠를 가장 많이 만들어내는 사람 중 1인이 되었습니다. 편당 조회 수 2000회 남짓, 구독자 수는 2만도 안 되는 초라한 화력을 자랑하는 유튜버 '초식마녀'의 주 콘텐츠는 '몹시 쉬운' 비건 레시피입니다. 제대로 요리를 배운 적 없는 비전문가답게 음식의 만듦새가 상당히 초라하나, 맛은 제법 그럴싸하다는 점이 조금 내세울 만합니다.

유튜브를 시작한 건 2019년 3월, 비건을 실천하고 약 한 달이 지났을 무렵입니다. 공동 전시를 하며 인연이 닿은 작가님들과 오랜만에 모여 식사하는 자리를 가졌는데 그날의 가장 큰 화젯거리가 유튜브였습니다. 유튜브 채널 운영을 위해 준비 중인 작가님들이 몇 분 계셨지요. '다들 참 부지런하구나' 정도의 생각을 하며 감자전을 뜯어 먹던 나에게 한 작가님이 유튜브를 하라고 영업을, 아니 추천을 하기 시작했습니다. '유튜버 할 생각이 있기는커녕, 평소에 유튜브 자체를 시청하지 않는 사람인데요'라는 대답이 가장 먼저 떠올랐으나, 이러한 태도는 대체로 상대방에게 무안함혹은 부정적인 인상을 주며 분위기를 싸하게 만드는 일등공신이므로 조용히 입을 닫고 귀를 열었습니다. 작가님 말을 요약하자면, 집에서 비건 요리를 만들어 먹는 김에 유튜브 영상도 같이 만들어 올리면 좋지 않겠느냐는 내용이었습니다. 애써 귀 기울인 덕분인지, 모두가 서로에게 유튜버를 추천하는 사회 분위기를 잠시 망각하고 묘하게 설득되는 날이었습니다.

'그래그래. 어차피 매일 하는 요리, 조금 더 시간 내서 촬영도 하면 되지!'

회사를 다니면서 기획·요리·촬영·편집까지 모두 혼자해야 한다는 점에서 만만치 않은 일이었지만 깊게 생각하기 전에 몸부터 움직였습니다. 그렇게 유튜브에 대한 이해도가 0에 수렴하는 상태에서 어떠한 준비도 없이 모임이 끝난 바로 다음 날 유튜브 채널을 만들고, 연락이 거의 오지 않아 휴대폰처럼 생긴 시계인 줄 알았던 아이폰을 카메라 삼아 영상을 찍었습니다. 편집은 무료 앱을 활용했습니다. 채널명은 'Tasty vegan life'. 지금의 초식마녀라는 이름은 시간이 더 흐른 뒤에 지었습니다.

원래 주목이나 관심을 즐기는 편은 아니었습니다. 즐기긴커녕 경계심이 강해서 불특정 다수에게 일방적으로 얼굴을 노출하는 일은 하고 싶지 않았는데, 동물들의 비참한 처지를 인정하고 나니 뭐라도 해야 될 것 같아서 시작했습니다. 현장에 직접 뛰어들지 않고 안전하게 집에서 할 수 있는 일인데 이것마저 누군가 해주길 바라면서 미루고 싶지 않았습니다. 내가 만든 영상이 누군가에게 비건이 되는 출발점이 된다면 그걸로 충분하니까 온라인에 영구히 흑역사를 남기게 되더라도 감수하기로 했습니다.

백문불여일식百聞不如一食. 백 마디 말보다 한 번 먹어보는 게 낫습니다. 백 마디 옳은 말보다 맛있는 밥 한 그릇이 훨씬 설득력 있고, 비건이 옳다고 설득하기 위해 진을 빼느니 맛있는 비건식 한 끼 대접하는 게 낫다는 것이 저의 지론입니다. 하지만 일일이 먹여줄 수 없으니 대신 레시피를 알려드리기로 했습니다. 자, 여기 맛 좋은 레시피입니다. 이제 남은 미션은 '따라 하고 싶은' 욕망을 어떻게 불러일으키느냐입니다.

사람은 뭔가 있어 보이는 것에 마음을 빼앗깁니다. 있어 보이면 모방을 시작하지요. 멋이 있어 보이거나, 맛이 있어 보이거나, 돈이 있어 보이거나, 재미있어 보이거나…. 나는 돈도 없고 멋도 없으니 남은 선택지는 맛과 재미입니다.

세상에 근사하고 아름다운 비건 레시피는 많습니다. 총천연색의 조화로 눈부터 즐겁게 만드는 멋진 채식 요리들! 아름다울 뿐만 아니라 상당히 맛있어 보입니다. 그렇지만 재료를 구하기 힘들거나 만드는 데 시간이 오래 걸린다면, 요리에 익숙하지 않고 자원이 충분하지 않은 이들에겐 관상용 레시피일 뿐입니다. 그 길은 내 길이 아닙니다. 나의 영역은 요리 솜씨가 없는 사람도 주방에서 서성이고 싶게 만드는 '만만한' 실천용 비건 레시피를 공유하는 겁니다.

'이 정도면 나도 할 수 있겠는데?'의 '이 정도'를 맡는 것, 비건이나 동물권에 공감할 수 없는 사람도 따라 해 먹고 싶은 마성의 채식 조리법…!

제게 맛과 재미를 담을 역량이 충분했는지는 논외로 두겠습니다. '한둘이라도 따라 해 먹는다면 좋은 거지, 뭐'라는 단순함으로 일주일에 영상을 두 편씩 만들어 올렸습니다. 조회 수 폭발이라든가 구독자 상승 같은 성과가 크게 없었음에도 지치지 않고 유튜브 영상을 찍는 데 몰두할 수 있었던 비결을 꼽자면 이러한 단순함 덕분이었습니다. 잘하는 것보다 사라지지 않는 게 먼저였습니다(비건은 한 줌이니까…). 그렇게 4년째 저퀄리티 영상을 만들어내고 있습니다.

흔한 재료를 활용해서 30분 내로 만들어 먹을 수 있는 간단한 요리들을 짧고 빠른 호흡으로 촬영합니다. 익숙한 재료들을 낯설게 조합해 먹는 방식을 자주 써먹는데요. 냉장고에 묵혀둔 장아찌를 올리브오일에 볶아 파스타를 만들거나, 마라소스에 두유를 부어 떡볶이를 만드는 식입니다. 좋게 말하면 창의적이고 나쁘게 말하면 근본이 없습니다.

이 무근본 비건 요리가 어떤 맛인지는 알아서 판단하시라고 시식하는 모습까지 촬영해보았는데 반응이 나쁘지 않아서 먹방 비중도 늘었습니다. 편집할 때 영상 속 나를 타인이라고 생각하며 자막을 답니다. 그렇게 의식적으로 분리하지 않으면 과거와 현재의 혼잣말 속에 갇혀 맨정신으로 편집을 할 수가 없습니다. 1인 유튜버가 먹방 영상을 만드는 일은 혼자서 북 치고 장구 친다는 뜻입니다. 다른 사람과 업무로 얽히는 데서 오는 스트레스가 없는 대신 굉장히 외롭고 항마력 달리는 일이죠.

그렇다고 인간에 대한 스트레스가 아예 없다는 뜻은 아닙니다. 영상과 전혀 관련 없는 내용의 댓글을 남기러 찾아오는 이들이 종종 있습니다. 저는 그들이 기대하는 수준의 멋스러움이 없고 윤리적·지적인 면모를 갖추지 못한 대가로 끊임없이 시비를 마주하는 형벌을 받았습니다. 애초에 방문자가 많지 않아서 매일까진 아니지만, 그래도 이들은 잊을 만하면 한 번씩 찾아와 '복붙(복사 붙여넣기)' 한 듯 비슷한 말들을 남깁니다.

"비건 할 거면 너 혼자 조용히 해라."

"강요하지 마라."

"식물은 안 불쌍하냐?"

어쩜 이렇게 한결같은지…. 제가 평생을 함께할 동반자는, 어쩌면 오붓한 가정을 꾸려나갈 사랑하는 단 한 사람이 아니라 이들일지도 모른다는 예감이 들었습니다. '기대했던 프러포즈는 아니지만, 진짜 얼굴과 이름조차 알 수 없지만, 가상공간에서 얼굴도 모르는 이들을 여럿 누리는 일처다부(처)적인 삶도 나쁘지 않지. 때마침 혈연이나 결혼이라는 방식 말고도 다양한 형태의 공동체가 제도적으로 인정받아야 한다는 목소리가 높아지는 시대를 살고 있으니 얼마나 다행이야. 딱히 소망한 적은 없지만 언젠가 이들과 새로운 가족으로 인정받는 시대가 올지도 모르니 미리 받아들이자. 상처 주고 싶어서 작정하고 찾아온 듯한 이들을 평생 안고 가야 할 존재로서 더 이해하고 포용하고 사랑하자. 이것은 결혼 생활을 유지하기 위한 마음가짐과 전혀 다

를 것이 없다….'

제가 비건이라서, 혹은 유튜버라서 악플이 달린다고 생각하진 않습니다. 싫은 소리 안 듣고 싫은 일 안 겪는 사람이 있겠습니까. 누구나 싫은 사람과 함께 살아가야 하는 현실을 배우지요. 모두가 겪는 일입니다. 악플은 나이·성별·국적·직업과 관계 없을 뿐 아니라 산 자와 죽은 자에게도 가리지 않고 달립니다. 정체성에 너무 큰 의미를 부여하면 이 단순한 사실을 잊게 됩니다. 행위의 주체가 아닌 행위에 집중하며 살아야 하는 이유가 여기에 있습니다.

따지고 보면 제가 한 일이라곤 차린 밥을 맛있게 먹는 모습을 보여준 게 전부입니다. 그걸 보고 비건을 시작하게 되었다는 분들, 비건 생활이 외롭지 않아졌다는 분들, 다양하게 요리를 해 먹는 데 도움이 되었다며 응원하는 분들이 생겼다는 사실이 얼마나 기적 같은 일인지요. 여전히 화면 속 내가 민망하고 칼같은 말에 종종 마음이 베이지만, 이러한 상호작용은 그 모든 걸 감수할 만큼 값집니다.

제 영상이 삼삼한 듯해도 자꾸 생각나고, 먹고 나면 속이 편안해 계속 찾게 되는 음식을 닮기를 바랍니다. 강렬한 자극보다는 편안함을 주는 먹방, 동물을 향한 폭력과 학대가 고스란히 담긴 음식을 전시하지 않는 먹방, 눈앞의 조회 수를 좇느라 무리해서 많은 양을 먹지 않는 먹방, 곱씹어도 비린 맛이 나지 않는 맑은 채식을 닮은 그런 먹방을 만들고 싶습니다. 제가 맑은 사람은 아닐지라도요. 속세를 누리는 순결하지 못한 비건 유튜버로서 혼탁한 사바세계에 작은 저항을 해봅니다.

2024년 여름,
초식마녀

식탁에서 출발하는 돌봄

그런 적 없나요?

어떻게 항상 신선한 고기가 진열되어 있을 수 있지?

치이익

나 하나 돌보기 벅차

무엇을 먹고 왔는지

내가 택한 음식들이 어디서 왔는지

그 때문에 무슨 일이 벌어지는지

지금 이 한 끼가
어떤 악순환을 만들어내는지

문득 떠오르는 생각을
애써 지워버린 적.

그런 적 없나요?

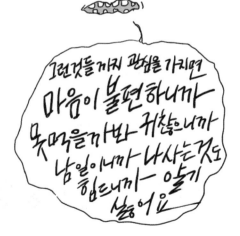

그런것들까지 관심을 가지면
마음이 불편하니까
못먹을까봐 귀찮으니까
남일이니까 나사는것도
힘드니까 — 알기
싫어요

수많은 삶을 망가트리지
않아도 되는

무해하고 맛있는 채식 한 끼

결국 나를 돌보고, 나의 식탁과
연결된 세상을 돌보는 일이에요.

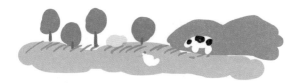

차례

1부

나를 채우는 한 끼

2부

나누어 먹는 마음

3부

모두가 환대받는 식탁

1부

나를 채우는 한끼

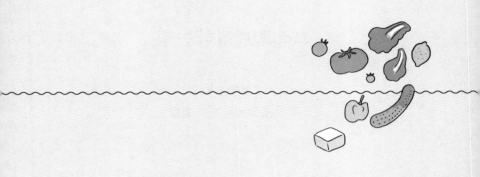

스스로 대접하는 힘

감자 된장국과 버섯 쌈밥

조그마한 부엌 창문에서 신선함이 불어옵니다.
스스로를 대접하는 힘이 찌뿌둥한 무기력을 훌훌 털어냅니다.

무기력한 순간이 찾아오면, 요리만큼 환기되는 일이 없습니다. 나무 도마 위에 놓인 애호박과 두부, 송이버섯을 적당한 크기로 자릅니다. 된장국을 끓이고 돌솥밥을 짓고 버섯을 굽습니다. 직접 요리를 하면 내가 무엇을 먹게 될지 눈과 손으로 확인할 수 있어 안심이 됩니다. 식재료를 다듬은 손끝이 산뜻하고 도마는 향긋합니다. 죽은 동물은 없습니다. 채식을 한 지 5년이 넘었습니다. 손질된 곡물과 식물이 각자의 속도로 익어가는 부엌에서 딱 한 끼만큼 새로워질 준비를 합니다. 아차차, 냉장실에서 뒤늦게 감자를 발견하고는 사용할지 말지 잠깐 고민합니다.

'익으려면 오래 걸리는데….'

감자를 잘게 썰면 익는 시간을 줄일 수 있습니다. 평소보다 잘게 썬 감자를 보글보글 끓는 된장에 넣습니다. 조그마한 부엌 창문에서 선선함이 불어옵니다.

'한 해도 살지 못한 생명들을 먹고 있다'. 비건을 실천하기 전엔 생각해본 적 없는 사실이에요. 많은 생명이 인간에 의해 사계절을 채우지 못합니다. 식물뿐만 아니라 동물도 그렇습니다. 소를 제외한 대부분의 농장 동물이 6개월 안에 도살되기 때문입니다. 닭이 감자보다 짧게 삽니다. 따뜻한 깃털을 가진 닭이 단단한 감자보다 짧게 삽니다.

품종별로 조금씩 차이는 있지만 감자는 파종부터 수확까지 100일 정도 걸립니다. 보통 봄에 심어서 여름철 장마가 오기 전에 캡니다. 닭은 그 절반에도 못 미치는 35일 동안 사육됩니다. 감자에겐 봄과 여름이 있지만 닭에겐 계절이 없습니다. 밤낮을 알 수 없는 좁고 냄새나는 실내에서 유전자와 환경의 조작으로 자연 속도보다 빠르게 성장합니다. 치킨은 닭튀김이라기보다 덩치만 큰 '병아리 튀김'입니다. 품종개량이 되지 않은 병아리는 성체가 되기까지 5개월이 걸립니다. 생명 공학 기술의 발전은 성장에 필요한 5개월을 단 5주로 줄였습니다. 한국에서만 매월 9000만 명命이 넘는 닭, 아니 병아리가 생후 2개월에 접어들면 고기로 죽습니다. '치느님'으로 칭송받고 1인 1닭이 기본인 양 불호 없는 식재료로 전시됩니다.

닭을 먹는다는 것, 감자를 먹는다는 것, 사람으로 태어나 1년도 살지 않은 생명을 먹는다는 것은 나의 삶을 다시금 돌아보게 만듭니다. 몸 하나도 제 것이 아닙니다. 수많은 생명이 거쳐가며 조립되고 분해되어온 나의 몸과 마음의 재료에 더 이상 동물을 포함되지 않습니다. 5년 전부터 식물만 먹고 있습니다. 모든 세포가 교체되는 7년까지 앞으로 2년 남았습니다.

젓가락으로 감자를 찔러보니 부드럽게 푹 들어갑니다. 다시는 기념하지 않을 결혼기념일을 모르는 척 흘려보내며 준비한 한 끼. 자작하게 오래 끓여 구수한 감자 된장국 한 숟갈, 기름에 잘 구워 노릇해진 버섯을 짭짤한 막장과 함께 깻잎에 싸서 크게 한입 가득 넣고 씹고 있으니 '혼자서도 참 열심히 차려 먹는구나' 싶어 웃음이 납니다. 이혼한 뒤로 가을을 타지만 가을이 사라지지 않길 바랍니다. 스스로를 대접하는 힘이 찌뿌둥한 무기력을 훌훌 털어냅니다.

감자 된장국과 버섯 쌈밥

끓는 물에 된장을 풉니다.

손질한 감자를 넣습니다.

감자가 익는 동안
버섯을 손질해 굽습니다.

찌개에 애호박과
두부를 넣고 끓여요.

입맛에 맞게
소금과 고춧가루로 간을 맞춥니다.

구운 버섯, 쌈 채소와 함께 상을 차립니다.

채식과 미니멀 라이프

자투리 채소 소스

맑고 소박한 채식을 실천하며 요리하는 과정도, 소비 패턴도 바뀌었습니다.
비건 라이프는 일종의 근사한 편집숍을 삶에 들이는 일 같습니다.

나는 옷을 사는 행위도 입는 행위도 좋아합니다. 좋은 옷을 사서 오래 입으라는 말이 무색하게 안 좋은 옷을 사도 10년 이상 입는데요, 깨끗하게 잘 입어서가 아니라 버리지를 못해서 그렇습니다. 해마다 옷을 사는데 버리진 않으니 옷장마다 쌓이고 쌓여 공간이 감당하기 버거울 만큼의 짐이 되었습니다. 제대로 관리받지 못한 옷들은 보풀이 일어나고 네크라인이 늘어나고 관절마다 구겨져서 반듯함을 잃었습니다.

새 물건을 들이면 필연적인 수고가 따릅니다. 꾸준히 관리하고 사용법을 익혀야 하죠. 그 수고스러움이 싫어서 미니멀 라이프를 꿈꿨습니다. 물건을 비우고 쇼핑을 멈춰야 하지만 요즘 세상은 결제가 왜 이리 쉽고 편리한지, 제 삶의 패턴은 소망과 달리 맥시멀 라이프에 가까웠습니다.

그랬던 제가 비건을 실천한 이후 불필요한 소비를 획기적으로 줄였습니다. 예상 못 한 영역까지 동물 착취가 촘촘하게 뻗어 있었습니다. 먹는 방식을 넘어 입거나 바르는 방식으로도 동물을 소비하지 않으려 노력했더니 딱히 경제적 효과를 기대하지 않았음에도 지출이 눈에 띄게 줄었습니다. 동물을 대하는 관점 하나 바뀌었을 뿐인데 월급이 남는 진귀한 경험까지 했습니다.

물건을 구매하기 전에 생산 과정에서 직접적으로 동물이 희생되었는지 확인합니다. 간접적인 영역까지 나아가면 헐벗은 비문명인으로 살아야 하기 때문에 조금 타협한 기준입니다.

비건을 지향하기 전, 가격과 디자인이 구매 기준이었을 땐 내 맘에 쏙 드는 물건을 찾기까지 너무 오래 걸렸고 만족도는 낮았습니다. 조건을 따져가며 제품을 고르면 쇼핑이 불편해질 거라 예상했으나 겪어보니 오히려 반대입니다. 선택지가 줄어드니 비교하고 결정하기 훨씬 수월합니다. 비건이라는 필터는 길고 긴 상품 목록을 윤리적으로 갈무리해줍니다. 비건 라이프는 일종의 근사한 편집숍을 삶에 들이는 일 같습니다. 덕분에 마음에 드는 제품을 빠르게 찾을 수 있게 됐습니다.

소비 패턴뿐만 아니라 요리하는 과정도 바뀌었습니다. 눈이 달린 고등어라든가 핏기 있는 닭 같은 동물성 식재료를 만지고 나면 피비린내가 밸까 봐 강박적으로 씻어댔습니다. 한 끼 차릴 때마다 재료별로 도마와 그릇, 수세미 등을 따로 쓰느라 싱크대가 금방 어질러졌고 재료 손질과 설거지가 괴로웠습니다. 신체 일부를 음식물 쓰레기로 처리하는 과정 또한 상당한 고통이었습니다.

지금은 파를 썰던 도마와 칼 그대로 사용해 토마토를 자릅니다. 채소는 조리 도구를 따로 쓰지 않아도 되고 기름기를 제거할 필요도, 잡내를 가리려 양념을 강하게 할 필요도 없습니다. 소금으로 간만 맞춰도 담백하고 맛있습니다. 가볍게 물로 헹궈내도 찝찝하지 않은 설거지가 대부분입니다. 재료 준비부터 치우는 일까지 자연스레 간편해졌습니다. 소망하던 간소한 삶에 끼니마다 가까워집니다.

이전보다 늘어난 것은 한 끼의 즐거움입니다. 채식을 하면 먹는 재미가 줄어든다고 잘못 알고 있는 사람들이 많습니다. 사라진 동물성 재료의 자리를 다채롭고 향긋한 채소와 과일, 곡물이 채우면서 식탁이 더 풍성해집니다. 저는 그 어느 때보다 만족스러운 식사를 하고 있습니다.

다만 1인 가구의 숙명으로 식재료가 낭비되지 않도록 부지런히 먹어야 합니다. 건강을 생각하면 한 가지 채소만 먹을 수 없지만, 소량 포장된 식품들을 사자니 플라스틱 쓰레기가 많이 나옵니다. 다행히 채소를 남김없이 활용하는 원리가 어렵지 않습니다. 적당한 크기로 채소들을 손질한 후 다 함께 끓이면 됩니다. 카레나 찌개처럼 보관하기 좋고 푹 끓인 음식으로 만들면 길게는 일주일까지 두고두고 먹습니다.

남은 채소 중 토마토가 있다면 거의 항상 소스를 만듭니다. 처트니chutney, 과채와 향신료 등을 넣고 섞어 버무린 인도의 조미료나 (고기는 들어가지 않지만) 칠리 콘 카르네와 비슷합니다. 큰 냄비나 웍 하나로 뚝딱 만들 수 있어 좋습니다. 양파, 감자, 토마토가 기본으로 들어가지만 양파가 없다면 생략하고 바로 토마토를 볶기도 합니다. 브로콜리, 파프리카 등 냉장고에 남은 채소들을 취향껏 잘게 다져 함께 넣고 끓입니다. 그간의 시도 중 가지만 유일하게 별로였습니다. 웬만한 채소는 조화로운 맛을 내며 잘 어우러지는 편이니, 걱정 말고 자투리 채소를 몽땅 넣어 푹 끓여주세요.

초록·빨강·노랑 주사위 모양의 채소들이 촉촉하게 익었다 싶으면 소금과 커민cumin을 한 숟갈씩 떠 넣습니다.

고춧가루는 두 숟갈 가득 넣습니다. 달콤함이 필요하다면 설탕도 조금 넣어 줍니다. 익숙한 맛으로 먹고 싶다면 케첩을 두세 숟갈 넣어도 좋습니다. 저는 케첩을 쓰는 대신 토마토를 잔뜩 넣습니다. 살짝 식초를 뿌리기도 하고요. 썰지 않은 방울토마토를 와르르 쏟아 넣고 중불로 30분 정도 뭉근하게 끓입니다.

매콤 새콤한 맛이 나는 자투리 채소 소스를 타코에 넣어 먹습니다. 노릇하게 구운 토르티야 위에 신선한 채소를 올리고 소스를 가득 얹습니다. 토르티야를 반으로 접어 크게 한입 물면 아삭한 채소가 온기 있는 소스와 함께 섞이며 꿀떡꿀떡 넘어갑니다. 잔뜩 만들어둔 소스를 냉장고에서 보관하면 흐르는 밤만큼 맛과 향이 더 깊어집니다. 숙성된 자투리 채소 소스는 파스타나 샌드위치에 넣어 먹어도 맛있습니다. 버려질 위기에 놓인 채소들이 만든 만능 소스입니다.

유엔식량농업기구FAO에 따르면 1년 동안 식량의 생산·유통·소비 과정에서 버려지는 음식물 쓰레기의 양이 13억 톤으로 추산됩니다. 이는 전 세계 음식 생산량의 3분의 1과맞먹는 수치입니다. 내키는 대로 음식물 쓰레기를 버린다면 내 몸에 아무리 소박한 음식이 들어왔다고 한들 소박한 식사라 볼 수 없겠지요.

그간 얼마나 많은 것들이 나를 거쳐 쓰레기가 되었는지 돌아보면 부끄러워집니다. 과유불급. 지나침은 모자람과 같습니다. 넘치는 물건과 음식을 소비하기 바빠 삶의 본질을 놓치고 있었습니다. 간소한 식사는 간소한 삶으로 이어집니다. 맑고 소박한 채식으로 풍요 속 빈곤을 해소합니다.

자투리 채소 소스

토마토, 파프리카, 양파, 브로콜리 등
남아 있는 채소를 잘게 자릅니다.

자작하게 잠길 정도로
물을 넣고 푹 끓여주세요.

케첩과 소금, 설탕 약간,
커민, 고춧가루를 넣습니다.

강낭콩 통조림을
넣어줘도 맛있어요!

20분 정도 끓이면
채소가 뭉근해지며
깊은 맛이 납니다.

타코나 파스타에 넣어
채소의 감칠맛을 즐깁니다.

외롭고 충만한 도시

들깨 미역 떡국

고기 없고 달걀 없고 떡국 떡까지 없는 놀라운 떡국을 끓였습니다.
없으면 없는 대로 적응해 살아가는 지방 도시 생활과 닮았습니다.
묘한 뿌듯함이 몽글몽글 올라옵니다.

2021년 8월, 어릴 때 살았던 경상남도 진주시로 다시 이사를 왔습니다. 몇몇 건물은 20년 전 모습 그대로 남아 있었지만 내가 알던 사람들은 떠났습니다. 기분 전환을 위해 동네 산책을 나섰다가 줄지어 비어 있는 건물들을 보고 마음이 더 가라앉기도 했습니다. 오래된 기억 속 크고 복잡해 보였던 거리들이 낡고 한적한 골목으로 작아져 있었습니다.

그래도 서울이었다면 꿈도 못 꿨을 방 네 칸짜리 아파트에서 살고 있습니다. 이전 집에 비해 2배나 넓지만 가격은 절반도 안 됩니다. 주변에 큰 도로가 없어 살기 조용하고 거실에선 산 중턱에 자리한 절이 보입니다. 덕분에 저의 일상은 템플 스테이 같습니다. 목탁 치는 소리를 들으며 불살생不殺生 음식을 먹을 때면 더욱 그렇습니다.

부동산에 밝은 사람이면 눈치챘겠지만, 조용하고 절이 가깝다는 것은 도보로 갈 수 있는 거리에 마땅한 인프라가 없다는 뜻입니다. 덕분에 산책길이 꽤 잘되어 있음에도 집값이 저렴합니다. 제게는 잘된 일이지요. 혼자 살다 보니 학군도 필요 없고, 채식을 하니 외식 상권도 필요 없습니다. 비건 싱글 라이프 만세!

새벽 세 시가 되면 거실과 마주한 절에서 종을 칩니다. 침실까지 은은하게 퍼지는 묵직한 종소리가 나의 취침 알람입니다. 스님들의 하루는 지금부터 시작인 건지 궁금해하며 가습기를 틀고 침대에 눕습니다. 불빛 없이 컴컴한 밤하늘에 별이 가득합니다. 이미 사라진 별들이 반짝이는 고요한 공간에서 나라는 존재가 매일 소멸합니다. 사실 처음엔, 만날 사람 하나 없는 지방 도시의 삶이 예상보다 큰 상실감을 주었습니다. 새로운 장소에 다시 뿌리내리는 과정은 참 길고 더디게만 느껴졌습니다.

이사하고 처음 제대로 맞이했던 연말 밤, 외투를 단단히 챙겨 입고 타종 행사가 열리는 진주성으로 걸어갔습니다. 그 마지막 밤만큼은 사람들 틈에서 북적이고 싶었습니다. 평소에는 한두 사람 마주칠까 말까 하는 길목에 사람들이 빽빽했습니다. 기차놀이를 하는 것처럼 줄지어 걸었습니다. 전부 모르는 얼굴들이지만 반가웠습니다. 각자의 목소리로 같은 말을 나눴습니다.

"새해 복 많이 받으세요."

난생 처음 직접 제야의 종소리를 들으며 해의 경계를 넘었습니다. 새해 일출을 보고 산에서 내려와 허기를 참으며 뜨끈한 들깨 미역 떡국을 끓여 몸과 마음을 마저 덥혔습니다.

그때 기억이 나, 들깨 미역 떡국을 먹고 싶어집니다. 허기를 참으며 미역을 불렸습니다. 간장, 들기름, 들깻가루… 재료들을 착착 꺼내다 보니 하나가 없습니다. 바로 떡국 떡. 떡국 떡이 없는 떡국은 이미 떡국이 아니지 않나….

사실 내가 끓인 떡국에는 없는 재료가 많습니다. 새해를 맞이해 고기 없이 달걀 없이, 채수로만 떡국을 끓여 먹는 건 3년 전부터 시작된 우리 집 새로운 전통입니다. 여기서 '우리 집'은 나 하나로 구성된 1인 가구를 말합니다. 공동체는 아니지만 엄연히 공간이 존재하니까 우리 집이라고, 고작 3년 차지만 평생 지키고 싶으니까 전통이라고 이름 붙였습니다.

가뿐한 실내복으로 갈아입고, 냉동실에 있던 가래떡을 부글부글 끓는 들깨 미역국에 넣습니다. 떡국 떡은 없지만 가래떡이 있었네요. 회색 기가 도는 부엌에 홀로 서서 고기 없고 달걀 없고 떡국 떡까지 없는 놀라운 떡국을 끓였습니다. 없으면 없는 대로 적응해서 살아가는 지방 도시의 생활과 공통점이 있는 떡국입니다. 묘한 뿌듯함이 몽글몽글 올라옵니다.

진주에 살면 강변을 산책하다가 나란히 헤엄치는 '하모(진주에서는 수달을 하모라고 부릅니다)'를 마주치는 날도 있습니다. 하모는 작고 매끈한 몸으로 미끄러지듯 수영합니다. 바위에 올라와 직접 사냥한 생선을 먹는 하모의 모습은 제가 생선을 먹지 않는다는 사실과는 별개로 '아직 너희들이 살 만해서 다행이다'라는 위안을 줍니다. 동절기면 겨울을 나러 온 독수리를 볼 수 있습니다. 꽤 가까이서 머리 위를 빙빙 도는 모습을 보기도 합니다. 야생동물들을 목격할 때마다 고기 끊길 잘했다는 생각이 듭니다. 몰래 버려지는 낚싯줄이나 바늘에 걸려 다치지 않길 바라며 그들이 헤엄치는 모습을 바라보곤 합니다.

서울에 비해 문화생활은 (많이) 부족하지만 자연생활은 풍족한 동네에서 살고 있습니다. 유명한 공연과 야생동물 중 하나만 보고 살아야 한다면 저는 언제나 후자를 고를 겁니다. 어떤 작품도 자연보다 충만한 영감을 줄 수 없습니다. 인간으로서는 조금 외롭더라도, 자연의 일부로서 공존하는 기쁨을 발견할 수 있는 이곳이 점점 좋아집니다.

들깻가루를 걸쭉하게 푼 국물이 유독 뜨겁습니다. 세상에서 가장 구수한 용암을 떠먹는 것 같습니다. 가위로 대충 도톰하게 자른 가래떡이 입안 가득 말랑하고 따끈하게 씹힙니다. 가래떡을 씹는 동안 들깨의 고소함이 더 오래 머무릅니다. 바다와 육지의 맛이 함께 납니다. 보드라운 미역이 혀 위를 미끄러집니다.

들깨 미역 떡국

냄비 가득 불린 미역을 넣고 끓입니다.

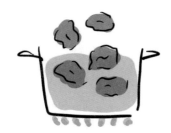

가래떡을 들깻가루와
함께 넣고 끓여주세요.

국간장으로 간을 맞춥니다.

들기름을 뿌려 호호 불어 드세요.

엄마의 시금치

시금치 김밥

비혼-비출산-비건. 중요한 건 딸이 '비정상'이라 여겨져도,
어쨌든 사랑한다는 엄마의 마음입니다.
어마무시한 크기의 시금치 더미가 그 사랑의 증거입니다.

명절 때만 얼굴 보는 사이지만 작은엄마를 참 좋아합니다. 결혼하고 얼마 되지 않아 우리 집에 오셨을 때, 재밌는 이야기를 해달라고 조르던 초등학생인 나와 동생들을 귀찮아하지 않고 이런저런 얘기들을 들려주셨던 기억이 납니다. 그 상냥함은 아직도 생생하게 남아 있습니다.

작은엄마는 7급 공무원으로 합격해 경기도 소재의 세무서에서 20년 넘게 근무했습니다. 작은아빠가 직장을 그만두고 법무사 시험을 4년간 준비할 땐 외벌이를 하며 두 아이를 길렀습니다. 제가 신혼 때 전남편이 공시생이었기 때문에 작은엄마처럼 해내기가 얼마나 어려운지 조금이나마 상상할 수 있었습니다. 인생 경험이 쌓일수록 어릴 땐 미처 보지 못했던 작은엄마의 대단함을 발견합니다. 왠지 이번 설엔 나의 존경을 표현하고 싶었습니다.

"작은엄마, 너무 대단해요. 일하면서 육아도 하시고, 결혼 생활도 유지하셨고…."

"결혼 생활은 나도 위기가 있었단다. 하하."

그릇을 정리하다 말고 서서 마주 보고 웃었습니다. 말하지 않아도 알아요. 기혼인과 이혼인의 공감대가 진하게 형

성되려는데… 설거지를 하던 오마니께서 화기애애한 분위기를 깨트립니다.

"이혼한 네가 비정상이지."

'가장 노릇 한 적 없는 엄마는 몰라!'라고 속으로만 반항하고 못 들은 척했습니다.

어쩌다 한 번 오는 딸의 식사를 차릴 때면 엄마는 "네가 제일 불편해"라며 농담 섞인 핀잔을 던집니다. 심각한 톤은 아닙니다. 고기도 안 되고 젓갈도 안 되고 계란도 안 되고 생선도 안 되는 애한테 도대체 뭘 먹여야 하나 고민하다 툭 던지는 말입니다. 딸을 이해하고 싶은 마음과 원하는 대로 바뀌어주길 바라는 마음이 팽팽한 줄다리기를 하고 있습니다. 본인만의 원칙과 이분법적인 기준에 익숙한 당신께 나는 다각적으로 '비정상 인간'일 수밖에 없습니다. 비혼-비출산-비건, 3종 세트. 쓰고 보니 조금 죄송하네요.

중요한 건 비정상이라는 낙인이 아니라, 딸이 비정상이라 여겨져도 어쨌든 사랑한다는 부분입니다. 그 사랑의 증거로 어마무시한 크기의 시금치 더미를 받았습니다.

"지혜야, 다른 집들은 시금치에 농약을 얼마나 많이 치는지 아니? 하지만 엄마는 하나도 안 쳤어. 왜냐면 귀찮으니까⋯. 우리 집 시금치는 진짜 무농약이지."

엄마는 경쾌한 목소리로 몸집보다 큰 비닐에 시금치를 가득 담으며 말했습니다.

"너무 많은데⋯."

"한 번에 삶아서 냉동실에 소분해두고 먹고플 때 꺼내 먹으면 돼."

이 게으름뱅이는 소분하는 작업이 귀찮아서 일주일 내내 시금치를 먹었습니다. 결코 농약을 치지 않는 엄마와 닮은 것 같습니다. 덕분에 시금치가 싱싱할 때 온갖 요리를 만들어 먹었습니다. 귀차니즘이 땅과 몸을 이롭게 했네요. 가장 맛있었던 메뉴는 시금치 김밥입니다. 달큰 아삭한 시금치가 부드러운 밥과 함께 고소하게 씹힙니다. 검은색·흰색·초록색으로 그려진, 오직 시금치만 들어간, '정상'에서 벗어난 이 김밥이 너무나 맛있습니다. 순식간에 시금치 김밥 세 줄을 먹어 치우고 엄마에게 전화를 겁니다.

"엄마 시금치 엄청 달다."

시금치 김밥

깨끗이 손질한 시금치를
끓는 물에 살짝 데친 후
건져주세요.

직접 빻으면 깨고소!

밥에는 깨소금을 버무려주세요.

달구어진 팬에 간장을 두르고
데친 시금치를 볶습니다.

김밥용 김 위에 밥을 넓게 펴고
들깻가루 가득 묻은 시금치를 올려줍니다.

불을 끄고 들깻가루와
들기름에 무쳐주세요.

이때 비건 마요네즈를
뿌려줘도 좋아요.

돌돌 말아서 먹기 좋은 크기로 자르면

맛있어서 놀라운, 오직, 시금치 김밥!

토마토를 닮은 여름

오늘의 밥상

토마토 볶음국수

살아 있는 채소와 과일은 날씨를 그대로 품고 있습니다.
무더운 여름, 토마토 볶음국수에서 강렬한 햇볕의 맛이 가득 느껴집니다.

초여름쯤 부모님이 사시는 시골집에 가면 방울 토마토가 선명하게 익어갑니다. 눈부신 녹색 이파리 아래 매달린 빨강 동그라미가 여름의 태양을 닮았습니다. 주렁주렁 열린 방울토마토를 똑 따서 바로 베어 먹으면 입이 다 델 수 있습니다. 한낮의 토마토는 강렬한 햇볕의 열기를 가득 머금고 있거든요. 무심코 깨물었다간 뜨거운 즙이 발사됩니다. 온수가 튀어나오는 초소형 천연 물총입니다.

흙과 분리되어 콘크리트 위에 사는 저는 언제든 수고롭지 않게 토마토를 구매합니다. 사계절 내내 죽은 토마토를 먹습니다. 차갑게 식은 토마토의 온도에 익숙해져 싱싱한 토마토는 뜨거울 수 있다는 사실을 전혀 눈치채지 못했습니다. 입술과 혀에 옅은 화상을 입었습니다.

살아 있는 채소와 과일은 날씨를 그대로 품고 있습니다. 여름이면 조금 따뜻한 것이 본래의 온도겠지요. 심리적으로는 냉장 보관한 채소의 서늘함이 익숙하지만, 우리의 유전자는 냉기 가득한 채소를 바로 섭취하도록 진화하지 않았습니다. 불에 익힌 토마토가 라이코펜 흡수율이 높아지는 이유는 온실재배나 냉장고가 개발되기 전까지 인류가 자연적으로 따뜻한 토마토를 먹어왔기 때문 아닐까요?

그런 생각을 하며, 토마토와 대파를 꺼냅니다. 두 재료를 기름에 볶는 동안 소면을 삶습니다. 자주 만들어 먹는 토마토 볶음국수입니다. 비빔국수 못지 않게 간단하면서 익힌 토마토를 잔뜩 먹을 수 있습니다. 달래장을 넣고 토마토가 뭉근해질 때까지 볶다가 소면과 커민을 넣습니다. 면과 토마토가 부드럽게 어우러지면 불을 끄고 고춧가루나 참기름을 입맛대로 휘리릭 둘러줍니다.

토마토 볶음국수의 맛은 새로우면서 포근합니다. 무더운 여름, 집 나간 입맛을 살리는 새콤함 뒤로 이국적인 향과 부드러운 식감이 따라옵니다. 선풍기도 틀지 않고 토마토가 스며든 소면을 삼키고 있으면 이열치열 땀이 올라옵니다. 다른 음식으로는 대체할 수 없는 묘한 독특함이 있습니다. 세숫대야만큼 만들어 먹어도 죄책감이 들지 않습니다. 간단한 조리법만큼, 흘린 땀만큼, 몸도 마음도 가뿐해집니다.

토마토는 지구 생태계에 부담을 적게 주는 종 중 하나입니다. '물 발자국'이라는 말을 들어보셨나요? 네덜란드의 물 공학 교수인 아르엔 훅스트라Arjen Y. Hoekstra가 처음

도입한 개념인 물 발자국은 제품 생산부터 소비, 폐기까지의 모든 과정에서 물이 얼마나 소비되었는지 나타내는 지표입니다. 물 발자국이 적을수록 환경에 부담을 덜 줍니다. 채식은 평균적으로 육식의 절반 정도에 해당하는 물 발자국을 남깁니다.

특히 토마토는 채과 중에서도 물 발자국이 적은 편입니다. 1킬로그램의 토마토를 키우기 위해 필요한 물은 214리터입니다. 동일한 양의 닭고기는 4335리터, 돼지고기는 5988리터, 소고기는 1만 5415리터입니다. 가공을 많이 거칠수록 물 발자국은 더욱 늘어납니다. 육식이나 가공식 대신 토마토를 택하면 지구 생태계에 주는 부담들이 훨씬 줄어들게 됩니다.

인류의 물 소비량 중 85퍼센트가 식량과 연관이 있습니다. 샤워하며 사용한 물보다 오늘 점심 메뉴가 전체 물 소비량에 더 큰 영향을 미칩니다.

여름을 닮은 토마토는 나와 지구가 건강해지는 보양식입니다. 빨간 토마토를 뜨거운 불 위에 가득 올려 살아 있는 토마토처럼 먹습니다.

토마토 볶음국수

끓는 물에 소면을 삶는 동안

달군 웍에 기름을 두르고
대파와 토마토를 볶습니다.

버섯을 넣어도 좋아요.

면수 두 국자와 커민을 넣고 토마토가
뭉근해질 때까지 볶습니다.

소면이 70~80퍼센트 정도 익으면
찬물에 헹궈 물기를 꼭 짜주세요.

달래장을 사용하거나
간장과 식초를 2 대 1 로 섞어
양념을 만듭니다.

소면과 양념장을 웍에 넣고
중불로 빠르게 볶습니다.

그릇에 가득 담아
참기름이나 고춧가루를 뿌려 드세요!

이별은 안 했습니다

표고 유부 볶음

비건을 시작하고 처음 만들었던 반찬을 다시 만들어봅니다.
어쩌면 내 인생은 완결되지 않는 시작의 합일지도 모르겠습니다.

시작을 하면 끝을 봐야 한다지만, 저는 대체로 시작만 하는 편입니다. 매년 다시 태어난 사람처럼 영어 공부를, 달리기를, 책 읽기를 시작하고 분기별로 잊지 않고 새로운 취미도 하나 듭니다. 재작년에 배운 기타는 1년 넘게 세워뒀고요. 자전거는 딱 한 번 탔으며, 작년에는 타로 카드만 8개를 샀습니다. 빳빳한 주짓수 도복과 블루 벨트는 3년째 옷걸이에 걸려 있습니다. 손가락을 다친 뒤로 다신 안 하겠다고 결심했음에도 말이죠.

쌓이는 물건처럼 시작이 누적됩니다. 공간이 좁아지듯 하루가 짧아집니다. 집은 장례식을 하지 않은 취미들의 무덤이 됩니다.

나는 끝을 인정하지 못하는 사람 같습니다. 그때 친 기타가 마지막이었을지도 모르는데, 다시는 자전거를 타지 않을지도 모르는데, 끝이라고 생각하느니 공간과 마음을 차지하게 두는 편이 좋습니다.

비건을 시작한 지 5년이 넘었습니다. 아는 사람들 중 비건을 그만두는 경우가 보이기 시작합니다. 비건을 하지 않는다는 선언 때문에 그를 대하는 태도가 달라지진 않겠지만, 갑자기 친구가 전학을 가버린 것처럼 서운한 마음이 들기도 합니다. 대부분 건강상의 이유로 그만둔다고 말했습니다. 아픈 몸으로 버티다 신념을 접기까지 누구보다 고민하며 어려운 시간을 보냈을 겁니다. 저는 운이 좋은 건지 체질에 맞는 건지, 비건을 하고 나서 더 건강해진 경우임에도 초심을 지키기가 쉽지 않습니다.

2년, 3년, 4년…, 길어지는 비건 생활이 마치 장기 연애 같습니다. 세상에서 애인이 제일 중요한 것처럼 몰입하는 시기를 지나, 서서히 일상의 균형을 찾아가는 모습과 비슷합니다. 저도 처음 시작했을 때는 신념이 제일 중요했습니다. 비건으로 먹을 수 없다면 아예 굶어버리거나 사람을 안 만났습니다. 온 신경이 비건에 맞춰져 있었지요. 시간이 흐르며 삶의 다른 부분들도 중요해지다 보니 평생 이렇게 살 수는 없다는 걸 깨달았습니다. 아무리 좋아도 하루 종일 애인만 생각하고 살 수 없듯이, 언제나 비건이 1순위일 수는 없었습니다. 한계를 인정하기까지 어려웠습니다만, 흔들리며 나아가기로 했습니다. 어쨌거나 헤어지지 않으면 연애 중 아니겠습니까? 초심은 잃었을지 몰라도 이별은 안

했습니다.

비건을 시작하고 처음 만들었던 반찬을 다시 만들어봅니다. 재료는 간단합니다. 표고버섯과 유부면 됩니다. 손가락 두 마디 정도의 크기로 길게 썰어낸 표고버섯과 유부를 고추기름에 매콤하게 볶습니다. 유부는 오래 볶으면 부스러져 쫄깃한 식감이 사라지므로 표고버섯이 거의 익을 때 넣어주는 것이 팁입니다. 매콤하고 쫄깃한 표고 유부 볶음은 담백한 식사 빵에 올려도 맛있고 밥과 먹어도 어울리는 반찬입니다. 취향에 따라 부추나 양파를 넣어도 잘 어울립니다.

또 해 먹는 날이 올까요? 지금이 마지막일 수도 있는데. 갈피를 잡지 못하고 언제일지 모를 이별을 보류합니다. 어쩌면 내 인생은 완결되지 않는 시작의 합일지도 모르겠습니다.

표고 유부 볶음

표고버섯과 유부를 길쭉하게 자릅니다.

올리브유에 표고버섯을 먼저 볶다가
거의 익을 때쯤 유부를 넣습니다.

소금, 후추로 간을 한 다음
고춧가루 한 숟갈을 넣고 불을 끕니다.

밥이랑 먹어도 맛있고 빵과 먹어도
잘 어울리는 표고 유부 볶음, 완성입니다!

가벼운 인사처럼

토마토 비빔밥

인사도 음식도 가벼운 편이 좋습니다.
이번 여름에도 토마토 비빔밥을 해 먹으며 가볍고 단순하게 깊어집니다.

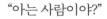"아는 사람이야?"

친구의 물음에 아니라고 답했습니다. 엘리베이터에서 마주친 사람에게 인사를 하는 모습이 생경하다고 합니다. 이웃과 나누는 가벼운 인사가 부재한 도시 생활, 서울 살 땐 저도 그랬습니다. 진주라는 고즈넉하고 아기자기한 도시의 기운을 받았는지 마음가짐이 달라졌는지 익숙한 삭막함과 작별하고 사람들에게 인사를 건네기 시작했습니다.

처음은 엘리베이터였습니다. 주민이 아니어도 인사를 나눴습니다. 인사는 조금씩 네모난 엘리베이터를 벗어나 아파트 단지까지, 산책할 때마다 지나는 동네 골목길까지 퍼졌습니다. 오래된 골목을 살아 있는 CCTV처럼 지키고 계신 할머니, 할아버지들께 한번 인사를 시작하면 영원히 해야 하기 때문에 사계절을 망설이다가 결국⋯ 안부를 트고야 말았습니다.

"안녕하세요? 좋은 하루 보내세요."

만남과 동시에 반가운 작별 인사를 하며 빠른 걸음으로 스쳐갑니다. 서로에게 부담을 주지 않을 만큼의 짧은 인사.

가까이 살고 자주 만날수록 가벼운 인사가 좋습니다. 미소 잠깐으로 충분합니다. 깊어지지 않을 인연에 기꺼이 베푸는 가장 작은 사랑입니다.

매일 나눠도 좋은 인사만큼 매일 먹어도 좋은 음식이 있습니다. 생전 처음 요리하는 사람들도 충분히 맛을 낼 수 있을 만큼 쉬워서 2022년에 처음 소개한 이후 지금까지 가장 많은 후기가 올라오고 있는 레시피, 바로 토마토 비빔밥입니다.

살짝 식은 밥 위에 잘게 썬 토마토를 올리고 고추장과 참기름을 두릅니다. 얇게 저민 청양고추를 취향껏 올립니다. 고추장 대신 간장을 넣고 비벼도 산뜻하게 짭짤해서 맛있습니다. 꼭 큰 토마토를 쓰지 않아도 됩니다. 방울토마토로 만들면 손질은 오히려 더 쉽습니다. 밥만 지어두면 불을 쓰지 않고 3분만에 만들 수 있어 '요리'라기보다 약간의 몸짓에 가깝습니다.

주머니 사정이나 나의 체력을 고려할 필요 없이 가뿐해야, 노동과 수고로움과 비용이 적게 들어야 꾸준히 하게 됩니다. 애써야 하는 일은 오래 유지할 수 없는 법입니다.

자주 마주하는 사람들에겐 가벼운 인사를 하고, 여러 번 먹는 음식은 간단하게 만듭니다. 토마토 비빔밥은 여름마다 자주 먹고 있습니다.

매일 가볍고 단순하게 깊어집니다.

토마토 비빔밥

깨끗하게 씻은 토마토를
취향껏 잘게 잘라줍니다.

미지근한 밥 위에 토마토를 올려주세요.

고추장과 참기름을 한 숟갈씩 넣고

쫑쫑 썬 청양고추를 올려 골고루 비벼줍니다.
산뜻하고 맛있는 한 끼를 즐겨봅니다.

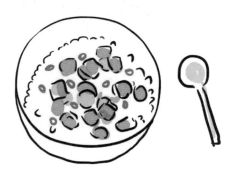

음식 추천 미션

애호박 파스타

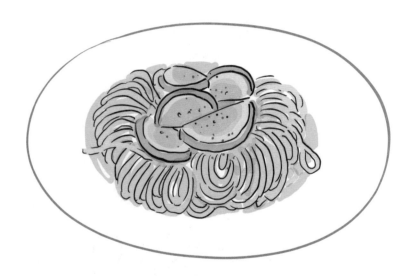

불현듯, 애호박을 얻어먹은 기억이 났습니다.
애호박 파스타! 재료는 정말 간단한데, 맛은 기가 막힌다고요.

"진주시에 비건으로 포장할 만한 음식 있을까요?"

쓰레기와 탄소 배출 없는 캠핑을 기획하는 강은 님이 진주로 캠핑을 오게 되었다며 반갑게 물었습니다. 수년째 비건을 하고 있고, 진주에 잘 정착해 살고 있음에도 당장 머리에 떠오르는 건 김밥밖에 없었습니다. 어묵이나 계란, 햄을 빼고 주문한 김밥. 어디에서나 비건으로 먹기 좋은 그 김밥. 진주가 아니어도 상관없는 김밥….

"땡초 김밥이 유명하긴 합니다만, 맵습니다. 하지만 맛있어요. 하지만 무척 매워요. 하지만 맛있어요…."

뭐라도 더 나은 답변을 하고 싶어서 쥐어짜기 시작합니다. 볶음밥을 김으로 싼 듯한 땡초 김밥은 진주에서만 먹을 수 있는 특별한 명물이라 할 수 있지만 매운맛을 못 견디는 분들께는 음식이라 할 수 없을 정도로 맵습니다. 매운맛을 즐기는 저도 한 입 먹고 나면 뒤통수가 얼얼하고 땀이 납니다. 화학 조미료가 아니라 다진 땡초만으로 매운맛을 내기 때문에 맵기 조절도 안 되니까, 이건 패스.

웬만한 식사는 집에서 다 만들어 먹는 상황이다 보니 나는 식당 정보에 어둡습니다. 차라리 외식을 한다고 하면 채식 요리를 파는 중식당이나 비건 안주를 파는 맥주집을 추천해줄 수 있는데, 포장해서 먹을 만한 비건 음식을 떠올리려니 출력 오류가 납니다. 그 누구보다 진주 먹거리를 모르는 진주 시민인 게 들켜버렸습니다.

약간의 침묵 끝에 두 번째 제안을 해봅니다. "수복빵집이라는 곳의 찐빵이 명물이에요. 단팥 소스를 부어먹는 찐빵인데 비건으로 추정되고, 사실 저는 안 먹어봤지만…."

나름 인기 있고 특색 있는 메뉴지만 먹어본 적 없는 음식을 추천하려니 민망함에 말끝이 흐려집니다. 식사가 아닌 간식이라는 점도 마음에 걸립니다. 별다른 도움을 드리지 못하고 아쉬워하다, 강은 님은 직접 요리를 할 수 있는 캠핑 상황이라는 중요한 사실을 떠올립니다.

"고구마! 고구마 어때요? 혹시 물 끓일 수 있나요?"

"물은 끓일 수 있어요. 화기 사용 가능해요!"

'그럼 찐 고구마를 먹으면 되잖아!'라고 생각했지만 고구마를 식사랍시고 먹게 하면 채식에 대한 오해(풀과 구황작물만 먹는 자연인 이미지)가 강화될까 봐 다른 아이디어를 떠올려 봅니다.

"진주 애호박으로 파스타를 해 먹으면 좋을 텐데요."

엄마의 지인이 하시는 애호박 농장에서 애호박을 얻어 먹은 기억이 났습니다.

"애호박 파스타 좋은데요? 레시피 알려주세요!"

이번 기획은 통과로구나! 신이 나서 유튜브와 만화에 올려둔 레시피를 찾아봤는데 보이지 않습니다. 이런, 콘텐츠로 만든 적은 없구나! 기억 속에서 조리법을 끄집어냅니다.

"일단 재료는 스파게티, 애호박, 소금, 마늘, 올리브유 정도면 되는데, 페페론치노도 있으면 좋아요. 여기에 소금 대신 비건 조미료를 사용하면 맛이 더 기가 막힙니다. 애호박과 마늘을 올리브유에 볶다가 삶은 스파게티 넣고 간만 맞추면 끝이에요. 제 취향은 애호박을 도톰하게 썰어 넣어 씹는 맛을 살리는 겁니다."

환경을 생각하는 행사에서 드디어 채식 이야기가 나온다는 점이 반가워서 캠핑 전까지 레시피 영상을 만들어보겠다고 약속했습니다. 이틀 남았네요. 과연 저는 애호박 레시피 영상을 올렸을까요?

애호박 파스타

스파게티를 삶는 동안
마늘과 애호박을 손질합니다.

올리브유에 마늘을 볶아
마늘 기름을 냅니다.

애호박과 고춧가루를 넣고
면수를 부어 부드럽게 익힙니다.

삶은 스파게티를 팬에 넣고
센불로 볶아줍니다.

양념이 배면
스파게티를 접시에 옮기고
애호박은 국자로 떠
면 위에 올립니다.

여기에 후추를 톡톡 뿌려 먹어도 맛있답니다.

식도락의 기쁨

오 늘 의 밥 상

비건 마라탕

마라탕을 먹고 탕후루를 즐기며 비건과 논비건의 경계를 허뭅니다.
식도락의 즐거움은 '이 음식이 동물이냐 식물이냐'가 아닌
'맛' 그 자체에서 오니까요.

맛있는 한 끼가 주는 쾌락과 행복이 얼마나 큰지, 저도 식도락의 기쁨을 아는 사람입니다. '맛있는 한 끼'에 동물의 일부가 포함되지 않을 뿐, 계절에 맞는 열매와 뿌리맛을 즐기며 여유롭게 식사를 합니다.

입맛은 사적인 영역이기도 하지만 문화 현상이기도 합니다. '한강 치맥'이나 '마라탕후루(마라탕과 탕후루)'처럼 모두가 사랑한다고 믿는 음식들이 있지요. 특정 메뉴를 함께 좋아할 때 느껴지는 소속감·즐거움·안정감은 실제 기호에 영향을 미칩니다. 우리는 타인의 감정을 살피며 동조하도록 만들어져 있습니다. 오직 자신만 생각하며 음식을 고르는 존재였다면 기름진 치킨과 맥주, 자극적인 마라 요리와 탕후루가 건강에 미치는 악영향을 보다 진지하게 고려하지 않았을까요?

거의 무비판적으로 수용되는 마라탕후루와 달리 채식(특히 비건)은 억울할 정도로 검열당합니다. 내가 한밤중에 컵라면과 핫도그를 먹을 땐 건강의 기역 자도 꺼내지 않던 사람들이 끼니마다 나물과 현미밥을 먹는다고 하자 갑자기 단백질 경찰관, 영양소 검사님으로 변신해 주워들은 말로 도토리 키재기 같은 훈수를 두기 시작하는데, 그 대사가 얼마나 천편일률적인지요. 널리 퍼진 영양가 없는 말을 그대로 따라 읊는 사람들이 꽤나 많습니다. 비건을 시작하고 수많은 참견과 편견을 마주하며 복장 터지는 소리를 들어도 복장 터뜨리지 않는 저의 인내심을 발견합니다.

누구나 영향력을 가지고 싶어 하지만, 타인에게 영향력을 미치기 위해 성공하긴 어렵고 돈 들이긴 아깝고 직접 움직이긴 귀찮은 법이지요. 도움을 줄 수 있을 만한 지식도 통찰력도 없고, 상대방의 마음을 헤아릴 섬세함이나 따뜻함은 더더욱 없으면서 자신은 피가 되고 살이 되는 참견을 하고 있다고 착각합니다. 모두가 아는 뻔한 소리이거나 동의할 수 없는 의견을 '네가 잘되길 바란다'는 '일방적인 진심' 하나만을 무기로 삼고는 게으르고 무신경하게 이래라저래라 입으로만 떠들며 끼어듭니다. 친절한 금자 씨가 말했죠. "너나 잘하세요."

하루 한 끼 정도 비건을 실천하고 싶어도 당장 요리가 막막하다면 '비건스럽게' 외식하는 방법도 있습니다. 육수나 양념 때문에 완전히 동물성을 피할 수 없을지라도 최대한 비건에 '가깝게' 먹는 시도를 하는 겁니다. 채식에 전혀 관심 없는 사람과 함께 식사를 해야 하는 상황에서 이런 마음가짐은 빛을 발합니다. 며칠 전 저는 모임 식사 자리로 가게 된 초밥집에서 맨밥에 유부만 있는 심플한 유부 초밥을 먹었습니다.

치맥을 비건스럽게 먹긴 어렵지만, 마라탕은 쉽습니다. 식물성 재료만 골라 담으면 됩니다. 옥수수면, 분모자, 청경채, 감자, 알배추, 건두부, 유부, 버섯, 숙주나물…. 동물 말고도 넣을 거리가 많습니다. 마라탕 가게는 내 의지(와 돈으)로 추가해야 고기를 먹을 수 있다는 점에서 채식 친화적입니다. 고기 없이 채소와 면을 넣고 끓인 마라탕은 비교적 깔끔하고 개운해서 먹고 난 뒤에도 불쾌감이 별로 없습니다. 육수를 쓰지 않는 마라탕집을 찾기 어렵다는 부분이 있지만, 100퍼센트가 아니어도 식물성 식단을 지향하는 시도는 그 자체로 유의미합니다.

여느 사람들처럼 마라탕을 먹고 탕후루를 즐기며 비건과 논비건의 경계를 허뭅니다. 식도락의 즐거움은 '이 음식이 동물이냐 식물이냐'가 아닌 '맛' 그 자체에서 오니까요.

비건 마라탕

푸주와 납작당면은 반나절 전부터
미리 물에 불려둡니다.

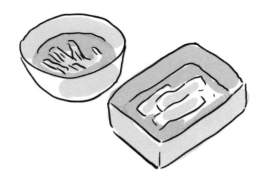

동물성 성분이 들어가지 않은
마라 소스를 물에 넣고 끓입니다.

배추, 버섯, 청경채, 감자 등 취향대로 고른
채소와 불린 재료를 넣고 끓입니다.

익을 때 오래 걸리는 순서대로 넣어주세요.

바글바글 끓여
재료가 익으면 그릇에
덜어 맛있게 먹기!

저는 고수를 올려 먹는 걸 좋아해요.

계절 한 입

두릅 파스타

향긋하고 부드러운 봄나물은 '지금'을 놓치면 1년을 기다려야 합니다.
산에서 채취한 두릅을 한입 베어 물 때마다 봄의 향이 가득 퍼집니다.

'지금'을 놓치지 말라고 알려주는 꽃은 무엇일까요? 누구보다 화려하게 피어나 찰나처럼 흩어지는 꽃, 벚꽃입니다. 벚꽃은 당장 봐야 하는 꽃입니다. 하루가 다르게 피고 지는 벚꽃 구경하기를 미루다간 비를 만나거나, 만개하는 시기를 놓치기 일쑤지요. 게다가 너무 아름다워서 과거나 미래로 한눈팔지 못하게 만듭니다. 온몸으로 피어나 우리의 마음을 '지금 여기'에 머무르게 합니다. 여린 꽃잎이 폭발적으로 지천을 수놓는 시기가 오면, 꽃잎이 다 떨어지기 전에 얼른 신발을 신고 나갑니다.

아침 운동을 마치고 집으로 돌아가는 길, 강변을 따라 만개한 벚꽃을 찍어 친구들에게 보내며 "지금이야!"라고 (문자로) 외쳤습니다. 언제나 우리에겐 '지금'뿐입니다. '과거에 살면 후회하고 미래에 살면 불안하니 현재를 살라'라는 말을 이렇게 아름답게 들려주는 존재가 또 있을까요?

갈수록 짧아지는 봄, 봄의 존재들이 대체로 '지금'의 존재들입니다. 냉이, 쑥, 고사리 같은 향긋하고 부드러운 봄나물들도 '지금'을 놓치면 1년을 기다려야 합니다. 어찌나 빨리 자라는지, 조금만 시기를 놓쳐도 꽃대가 올라오거나 굵어져서 먹을 수 없는 상태가 됩니다.

딱 지금이 아버지 산에서 키우는 두릅을 먹을 때라는 연락을 받고 바쁜 일들을 뒤로 한 채 운전대를 잡았습니다. 업무적·금전적 계약관계에 놓여 있는 이들에겐 비밀이지만 나는 돈을 버는 일보다 두릅 따기가 더 중요합니다. 피어 있는 벚꽃 구경하기를 미룰 수 없듯이, 오늘 딸 두릅을 내일로 미룰 수 없으니까… 웬만하면 조금은 미룰 수 있는 일이 양보해줘야 하지 않을까요? 채집 활동을 좋아하는 동네 친구를 조수석에 태우고 '한국 인기 곡 톱 100'을 들으며 남해까지 바퀴를 굴렸습니다. 미세 먼지 섞인 봄바람이 썬팅되지 않은 유리를 훑으며 지나갑니다.

두릅을 따기 위해 장화와 장갑을 챙겨 산을 올랐습니다. 참두릅은 가시가 많아 장갑을 껴야 합니다. 길쭉한 나무 끝에 달린 보송한 초록색 두릅이 어색합니다. 살아 있는 두릅의 모습이 생소해서 누가 일부러 붙여놓은 것처럼 보입니다. 도시에서만 살다 보니 땅에서 먹거리가 나는 '자연'스러운 현상이 오히려 부자연스럽게 느껴집니다. 모든 음식은 자연으로부터 온다는 당연한 사실에도 불구하고, 차가운 인공 바람이 나오는 마트에 진열된 플라스틱 포장 '상품'을 위생적인 인간의 음식이라고 인식합니다. 자연이 낯설고 인공이 익숙합니다.

채집한 두릅을 친구와 나누고 부엌에 서서 손질을 시작합니다. 두릅 가시를 칼등으로 삭삭 긁어 제거하고 밑동의 흩껍질을 뗍니다. 스쳐간 손길만큼 보송해진 맏물 두릅을 흐르는 물에 씻습니다. 삶은 스파게티 위에 데친 두릅을 올리고 발사믹 식초와 소금, 올리브유를 뿌려 먹습니다. 쌉싸름한 두릅 향과 아삭한 식감이 치아마다 생생하게 맺히고 산뜻한 소스가 입맛을 돋굽니다. 혼자 먹기 아까울 정도로 맛있는 두릅 파스타, 나눠 먹을 친구가 있어서 다행입니다. 연두색을 띤 봄의 조각을 씹으며 지금 이 계절을 만끽합니다.

계절을 만끽하는 최고의 방법으로 다음 두 가지를 추천합니다. 하나는 온몸으로 바람을 맞는 달리기이고, 다른 하나는 두릅 파스타처럼 계절의 향이 물씬 나는 제철 음식 먹기입니다. 지금 당장 자리에서 일어나 날씨 속으로 뛰어드세요. 향긋한 제철 채소로 장을 보고 요리하세요. 사라지는 계절 속으로 한 걸음씩, 한 입씩 행복해지세요.

두릅파스타

냄비에 스파게티를 삶습니다.

스파게티가 익기까지 1분 정도 남았을 때
손질한 두릅을 함께 넣고 데칩니다.

1분이 넘지 않도록 데친 두릅을 먼저 건지고
그릇에 삶은 스파게티를 옮겨 담습니다.

소금과 발사믹식초, 올리브유를
뿌려 향긋하게 먹습니다.

그저, 자유롭게 계세요

오늘의 밥상

애호박 볶음

살면서 많은 것들과 헤어졌는데 왜 이별은 일일이 마음이 아플까요?
정관스님께서 대답처럼 보내주신 온기를 곱씹으며,
그날 스님과 함께 먹은 애호박 볶음을 떠올려봅니다.

정관스님께 배워왔다고 말하고 싶은 애호박 볶음은 계절과 상관없이 만들어 먹는 요리입니다. 전남 장성 백양사 천진암 주지스님이신 정관스님은 2015년 《뉴욕 타임스》에 철학자 셰프로, 2016년 영국 《가디언》에 서양 최고의 요리사들에게 영감을 주는 분으로 소개되었습니다. 저는 수행을 하지 않는 한낱 중생이지만 스님과 닮은 면이 있다고 주장합니다. 매일 창밖의 절을 보며 채식을 하고 밥솥의 호흡을 들으며 고요하게 하루를 짓거든요.

정관스님을 만난 시기는 '월요일의 채식 토크'라는 라이브를 진행하던 2021년이었습니다. 당시 유행했던 클럽하우스라는 앱에서 비건을 지향하는 방송인 줄리안, 영화감독 진원석, 회사원 효비건, 초식마녀(인 저)까지 넷이서 매주 새로운 주제로 비건에 대해 이야기하는 시간이었습니다.

밤 열한 시까지 야근을 하며 '쉬고 싶다' 염불을 외던 중, '월요일의 채식 토크' 애청자였던 진아 언니의 도움으로 정관스님 섭외에 성공했다는 전화를 받았습니다.

정관스님을 모시고 방송하는 날, 스님께서 클럽하우스 사용이 익숙지 않으시기에 그나마 가까운 지역에 거주 중인 제가 찾아뵙기로 했습니다. 당시 차가 없었기 때문에 환갑이 넘은 아빠가 운전하는 차를 얻어 타고 장성으로 향했습니다. 장성한 딸로서 부끄러운 일이지요. 길은 있으나 차가 없는 한적한 도로를 따라 첩첩산중으로 향했습니다.

천진암에 도착해 주변을 서성이다가 예상보다 빨리 정관스님을 마주쳤습니다. 명랑 쾌활한 기운과 단호함이 동시에 느껴지는 맑은 얼굴, 작은 체구, 뿌리 깊은 목소리! 호들갑 없이 언제나 보던 사이처럼 첫인사를 나눴습니다. 이 담백함은 스님의 기운인가 나의 기운인가. 당연히 스님의 기운이겠죠.

정관스님 옆에서 어깨에 큰 짐을 싣고 나르는 젊은이를 향해 "무거워 보이셔요"라고 말을 걸었더니, "이곳에서의 삶이 무겁습니다"라는 범상치 않은 답변이 돌아왔습니다. 속으로 감탄하고 있는데 수줍게 얼굴을 붉히며 초식마녀와 함께 사진을 찍어도 되냐고 물어보셨습니다.

"당연하죠."

셀카를 찍은 다음 부엌 구석에 앉아 있는데 따뜻한 인상의 요리 연구가께서 차와 인절미를 내주시며 말씀하셨습니다.

"자유롭게 계세요."

자유롭게 계세요. 정말 근사한 말이라고 생각했습니다. 마법처럼 마음이 편안해지는 말이었습니다.

어스름해질 무렵 혼자 부엌에 남았을 때, 편안한 차림의 정관스님께서 식사를 하러 들어 오셨습니다. 절에 사는 고양이 삼일이도 함께 왔습니다. 더 이상 여한이 없다는 말밖에 떠오르지 않았습니다. '정관스님과 독대하다니 나는 엄청난 행운아야.' 너무 설레서 소개팅 나온 로봇처럼 굴었습니다.

방송용도 아니고 업무도 아닌, 사적인 시간을 함께 보내며 정관스님이 지어주신 집밥을 먹었습니다. 여러 장아찌와 어울리는 물에 볶은 애호박을 반찬으로 만들어주셨습니다.

채 썬 애호박을 자작한 물과 함께 끓이면서 소금으로 간을 합니다. 양파처럼 생긴 채소도 함께 들어 있었으나 기억이 정확하지 않아 생략했습니다. 불을 끌 때쯤 산초가루를 반 숟갈 넣고 촉촉한 애호박 볶음을 밥 위에 부어 먹으면 됩니다. 천진암에서 먹은 산초열매 장아찌 대신 산초가루를 썼습니다. 부드러운 맛 뒤에 화하게 퍼지는 산초 향이 개운합니다.

살면서 많은 것들과 헤어졌는데 왜 이별은 일일이 마음이 아플까요? 그날, 7년을 함께한 고양이와 이별을 겪었다고 고백했을 때 스님께서 건넨 따뜻한 기운이 여전히 포근합니다. 그 기운을 곱씹듯 애호박 볶음을 찬찬히 씹어봅니다. 7개월간 함께한 '월요일의 채식 토크'도 끝을 앞두고 있었습니다.

애호박 볶음

애호박을 도톰하게 채썹니다.

냄비에 물이 끓으면 애호박을 넣습니다.
애호박이 자작하게 잠기는 정도가 좋아요.

소금으로 간을 맞추고 산초가루를 넣습니다.

애호박이 다 익으면 불을 끄고
참기름, 참깨를 뿌리면 완성!

초식마녀 툰

월요일의 채식 토크

'월요일의 채식 토크' 마지막 게스트이신
정관스님을 뵈러 천진암에 갔다.

내가
제일 성덕이다!
다 비켜!

벨기에 감

백신 접종

회사원

막상 스님을 마주하자
쑥스러워서 대탈주

스, 스님 모습
찍어도 될까요?

지금은 안 됩니다.

(나라도 거절한다.)

그리고 스님이 차려주신 집밥(?) 먹었다.

성공했다, 내 인생.

불경스러운 요약!

속세의 앱에 접속해주시는
것만으로도 영광이었는데

오시간 넘게 (열정적으로) 해주셨다.

"모든 생명을 살려야 한다.
그러기 위해서 우리가 변해야 한다."

감동적인 전언이 중생들에게
울려퍼지는 동안 초식마녀는

너 그냥 놀러왔지….

고양이를 만지고 있었다.

고양이가
제 무릎에
앉아주셨어요!

(압존법 파괴)

심지어 스님께 자랑했다.

고양이
좋아해?

(팩트만 말하는 주둥이)

이날 아침 반찬으로 두부 부침 위에 산초 장아찌를
올려 먹었는데 너무 맛있어서 지금도 생각난다.

혼자가 자유롭다!

씩씩하게 살아.

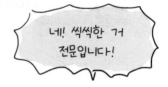

네! 씩씩한 거 전문입니다!

사회심리학자 에리히 프롬은 말했다.

자유는 견디기 어려운
고독과 책임을 동반한다고.

아무도 나를 모르는
이 도시에서

월요일 밤의 자유를
누릴 때마다 생각날 것이다.

매주 밤 아홉 시에 모여 서로 의지하고
위로했던 월요일의 채식 토크,

이제 안녕.

2부

나누어 먹는 마음

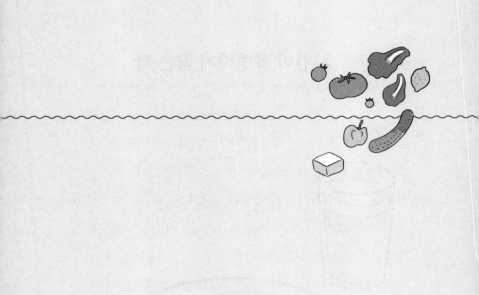

치킨이 당연하지 않은 밤

김치전

바삭하게 부서지는 매콤한 반죽과 새콤한 김치. 거기에 차가운 맥주까지!
치킨 없이도 경기는 재밌고 짜릿했습니다.

2022년 카타르 월드컵이 한창이었을 때였습니다. 휴일을 맞아 애인과 함께 한국과 가나의 경기를 보기로 했습니다. 장소는 우리 집 부엌입니다. 넷은 넉넉히 둘러앉을 수 있는 하얀 원탁이 놓여 있고 그 위로 검은 갓을 쓴 전등이 노란 불빛을 냅니다. 은은한 조명이 차가운 느낌을 주는 새하얀 식탁을 비추는 공간입니다. 텔레비전이 없어 맥북을 올려뒀습니다.

축구 경기와 함께 즐길 야식으로 김치전을 준비합니다. 반년 정도 익혀 새콤한 맛이 나는 비건 배추김치입니다. 젓갈 없이 채소로만 만들어져 쿰쿰한 향 없이 개운한 향이 납니다. 배추김치를 썰어 소금과 고춧가루를 조금씩 넣은 밀가루 반죽에 섞습니다. 매운맛을 좋아해서 청양고추도 2개 다져 넣었습니다.

바삭한 부침개를 먹고 싶다면 반죽을 대충 저어야 합니다. 너무 꼼꼼하게 치대면 글루텐이 생겨 찐득해지거든요. 김치를 잘게 썰어 넣는 것도 골고루 바삭하게 구워지는데 도움이 됩니다. 쫀득한 김치전도 맛있지만 월드컵을 보며 먹으려니 기름지더라도 바삭하게 만들고 싶습니다. 치킨의 자리를 대신한다는 생각이 들었거든요. '축구 경기는 치킨과 함께'라는 견고한 공식이 제게도 흔적처럼 남아 있습니다.

월드컵 시즌마다 치킨 업계는 특수를 누립니다. 한국 경기가 있는 날이면 동네 치킨집마다 주문이 쏟아져 평소보다 최소 10퍼센트 이상 매출이 높아진다고 합니다. 모두가 좋아하는 음식, 웬만해선 실패하지 않는, 맛이 없을 수 없는 메뉴라는 굳건한 믿음이 모여 '모두가 아닌 모두'가 치킨을 먹습니다.

치킨은 안전하고 편리한 선택입니다. 육식 마케팅은 세뇌에 가깝습니다. 모두가 고기를 좋아한다는 믿음이 공급자뿐만 아니라 소비자까지 적극적으로 획일화된 욕망을 재생산하게 만듭니다. 육식 숭배는 무지성적으로 공공연하게 이루어집니다. 다른 종교나 신념에 비해 맹신 검열로부터 자유롭습니다.

팬이 달구어지는 동안 애인은 식탁 위에 놓인 맥북으로 중계방송을 틉니다. 가스레인지에서 그를 등지고 선 채로 뜨거워진 팬 위에 식용유를 두릅니다. 반죽이 살짝 잠길 정도로 넉넉히 두른 기름을 데웁니다. 차가운 반죽을 한 국자 떠서 기름 위에 올리자 스피커로 전해지는 함성과 함께 김치부침개가 지글지글 튀겨집니다. 김치와 밀가루가 바삭하게 익어가는 냄새를 맡으며 냉장고에서 차가운 캔맥주를 꺼냈습니다. 가장 좋아하는 음식으로 치킨을 꼽던 남자가 동물을 먹지 않는 여자를 만나 치킨 없는 월드컵 응원을 시작합니다.

치킨은 닭의 고통입니다. 아무리 두꺼운 튀김옷을 입히고 자극적인 소스를 발라도 닭들이 평생을 비좁게 갇혀 살다 피 흘리며 죽었다는 사실을 감추지는 못합니다.

닭은 지구상의 모든 새를 합친 것보다 많이 태어나고 많이 죽습니다. 한국에서만 한 달에 1억 가까이, 하루에 약 284만 명의 닭이 조각납니다. 공장에서 길러진 닭의 뼈가 지구를 뒤덮습니다. 닭 뼈는 '인류세'를 나타내는 지표 화석이 될 것입니다. 여섯 번째 대멸종으로 향하는 우리에게 치킨은 더 이상 잔치에 어울리는 음식이 아닙니다.

카타르 월드컵은 11월에도 섭씨 30도를 넘길 수 있는 중동의 더운 날씨를 고려해 최초로 겨울에 개최되었습니다.

월드컵은 여름에 열린다는 공식을 깨고 상황에 맞는 적절한 선택을 했지요. 이처럼 '응원할 땐 치킨'이라는 공식도 깨질 필요가 있지 않을까요?

다 구워진 매콤 짭짤한 김치전을 둥그런 나무 접시에 담아 모니터 앞으로 가져갑니다.

"혹시 맛이 없다면, 채식이라서가 아니라 내가 요리를 못해서야."

누군가 내 요리를 맛보는 순간은 언제나 조금 긴장됩니다. 혹시나 내 요리가 채식이 맛없다는 편견을 진실로 만들까 봐 떨고 있습니다.

"먹어본 부침개 중에 제일 맛있어. 팔아도 되겠다."

애인의 칭찬에 스르륵 안심이 됩니다. 편안한 마음으로 부침개를 찢어 먹습니다. 바사삭. 윤기 나는 빨간 부침개가 젓가락이 닿을 때마다 낙엽처럼 부서집니다. 매콤한 반죽과 새콤한 김치가 적당히 자극적입니다. 바삭함과 아삭함을 오가며 뒤섞입니다. 차가운 맥주로 짭짤한 기름기를 씻어 넘깁니다. 부침개를 먹은 입가가 반들반들합니다.

치킨 없이도 경기는 재밌었고 동점골은 짜릿했습니다.

대한민국은 가나를 상대로 3 대 2 패배를 겪었지만 월드컵 우승 후보였던 포르투갈을 꺾으며 극적으로 16강에 진출했습니다. 죽은 동물을 제물처럼 올려두지 않은 새벽이었습니다.

김치전

젓갈 없는 비건 김치를 먹기 좋은 크기로 썰고,

밀가루와 물을 섞어 반죽을 만듭니다.
소금과 고춧가루도 반죽에 살짝 넣어 간을 더해주세요.

이때, 반죽에 얼음을 한두 개 넣으면
반죽이 더 바삭하게 구워집니다.

반죽을 뜨거운 기름에 올려
양면을 노릇하게 뒤집어가며 굽습니다.

다진 청양고추를 넣으면 칼칼한 매콤함이
기름기의 느끼함을 싹 잡아줘요!

칭찬이 미식을 만든다

김치 파스타

김치 파스타 위에 놓인 청양고추가 예쁜 초록색 단추 같습니다.
칭찬을 멈추지 않고 맛있게 먹는 애인 덕분에
혼자 만들던 일상 요리가 내게도 특별해졌습니다.

칭찬을 들으면 기쁨과 동시에 불편한 마음이 듭니다. 고맙다는 짧은 대답으로 반응하지만 스스로를 속일 수 없는 법이지요. 칭찬은 풀어야 할 오해처럼 느껴집니다. 잘한다는 말은 못한다는 말과 다르지 않고 이래서 좋다는 말은 저래서 싫다는 말과 다르지 않습니다. 의도 자체가 좋을지라도 칭찬은 본질적으로 평가이기 때문입니다. "넌 이걸 잘하는구나"라는 말을 들으면 마음 한구석이 어쩐지 뾰족해집니다.

"와, 이번 요리 역대급으로 맛있다!"

평소처럼 애인과 함께 식사를 하던 주말 오후, 갑자기 깨달았습니다. '진짜 칭찬'은 거슬리지 않는다는 사실을요. '진짜 칭찬'은 목적 없는 순수한 감탄입니다. 칭찬을 들었는데 왠지 거슬리는 기분이 들었다면 그 말은 칭찬이 아닌 평가 혹은 거짓일 확률이 높습니다. 칭찬을 제대로 정의하고 나니 기꺼운 마음이 듭니다. 나를 기분 좋게 하려는 의도의 말보다 본인이 기분 좋아서 튀어나오는 말이 진정으로 나를 기쁘게 한다는 점이 오묘하고 신비롭습니다. 매번 감탄을 잘하는 애인 덕분에 "요리를 참 잘하는구나"보다

"너무 맛있어!"가 훨씬 듣기 좋다는 사실을 알았습니다.

감탄 전문인 나의 연인은 상처가 될 법한 말을 삼가려는 성품이지만, 마음과 달리 표정이 몹시 솔직합니다. 김치 파스타를 만들겠다는 말에 좋다고 답하면서도 의심의 눈초리를 숨기지 못합니다. 김치 파스타의 멋짐을 모르는 애송이….

근거 없는 의심에 맛으로 정면 승부를 겁니다. 그는 거짓 없는 얼굴만큼 아집도 없어, 맛있다면 맛있다고 말로 표정으로 힘껏 외칠 것입니다. 김치 파스타를 선보이기 위해 나의 부엌으로 발걸음을 옮깁니다. 김치 파스타는 비건 김치와 고춧가루, 양파를 볶아 만듭니다. 냉장고에 별다른 재료가 없을 때 휘리릭 만들어 먹는 김치볶음밥 같은 메뉴입니다. 붉게 윤기 나는 김치 파스타를 완성해 하얀 접시에 예쁘게 담아냅니다. 얇게 슬라이스한 청양고추를 올리니, 새빨간 파스타 위에 놓인 청양고추가 예쁜 초록색 단추처럼 보입니다. 그는 크게 한입 맛을 보더니 눈가에 은은히 서려 있던 의심을 거둡니다.

"솔직히 김치 파스타라는 말 들었을 때 맛없을 줄 알았거든. 근데 내가 먹어본 파스타 중에 제일 맛있어. 팔아도 되겠다. 내가 까먹어도 꼭, 꼭 다시 만들어줘.”

다시는 못 먹게 될까 봐 신신당부를 하는 애인 덕분에 김치 파스타는 제게도 특별한 요리가 됐습니다. 별생각 없이 일상적으로 만들어 먹던 요리가 미식으로 탈바꿈하는 날이었지요. 포크에 돌돌 말린 면발을 입으로 가져갑니다. 달큰한 양파와 새콤한 양념, 침샘을 자극하는 매콤함이 가느다란 파스타 면발에 기분 좋게 스며 끊임없이 들어갑니다.

김치 파스타는 김치와 양파가 내는 감칠맛으로 충분히 맛있습니다. 집에 있는 김치가 비건이 아니더라도 동물성 재료를 추가하지 말고 만들어보세요. 죽음 없는 재료를 만지고 기꺼이 감탄하며 사랑하는 사람과 만족스러운 채식을 경험하세요. 한 번의 만족스러운 경험으로도 미식을 위해 동물의 죽음이 필요하지 않다는 사실을 저절로 알게 됩니다. 맛있는 음식의 전제 조건은 ‘동물’이 아니니까요.

김치 파스타

잘게 다진 비건 김치와 양파를
참기름에 달달 볶아요.

다진 마늘

고춧가루

참기름

간은 소금으로 합니다.

엔젤헤어

올리브유

삶은 스파게티를 넣고
소스가 스며들게 볶다가

불을 끄고
접시에 옮겨 담습니다.

마무리로 청양고추를 썰어 올려도 좋아요!

느려질 결심

고사리전

고작 친구의 입맛을 이해하는 데 1000번이 넘는 식사가 필요했습니다.
세상이 아무리 빨라져도 나는 이렇게 느리고 더욱 느려질 예정입니다.

머리칼을 빗어 넘기며 손으로 쥐어보았습니다. 사춘기 적보다 분명 적게 잡히는 가늘고 힘 없는 머리카락에서 곧 맞이할 40년의 궤적을 봅니다. 이미 오래전, 세는 의미가 사라진 센머리가 뻣뻣하게 섞여 있습니다. 새치 커버를 위해 헤어 마스카라를 샀지만 냄새가 독해 쓰지 않고 있습니다. 검게 염색을 하자니 한번 시작하면 멈출 수 없을까 봐 두렵습니다. 흰머리 아래 드러난 건조한 피부 위 자잘한 주름과 늘어진 모공이 빼곡합니다. 거울에 비친 웬 늙은 사람이 제 이목구비를 흉내 내고 있습니다.

나는 벌써부터 키오스크 앞에서 머뭇거립니다. 기계마다 조금씩 다른 버튼과 카드 투입구가 한눈에 빨리빨리 파악되지 않기도 하고, 달걀이나 어묵 같은 동물성 재료를 빼고 만들어달라고 요청할 방법도 보이지 않습니다. 사람이 주문받는 식당이 줄어들다 못해 사라질까 두렵습니다. 효율과 비용이라는 명분 아래 기계가 사람과 사람 사이를 채웁니다. 기계 없인 서로를 만나지 못하게 될지도 모른다는 생각이 드는 순간 이미 그러고 있음을 깨달았습니다. 우리는 휴대폰 없이 어떻게 약속을 잡았던 걸까요?

몇 개월 전, '우리 동네'라는 개념이 사라지는 추세를 거스르며 20년 지기 친구와 '동네 친구'가 되었습니다. 사실 내가 한 건 없습니다. 고맙게도 친구가 멀리서 이사를 와줬습니다. 1년이라는 임대 기간만큼의 유기한 동네친구지만 정말 오랜만에 걸어서 만나러 가는 사람이 생겼습니다. 반찬을 많이 만든 김에, 밥을 지은 김에, 날이 좋은 김에 쓱 불러서 숟가락 하나 더 얹으면 되는 부담 없는 거리. 서로의 집까지 10분이면 닿습니다.

저녁 식사를 준비할 겸 설날에 먹으면 좋을 채식 레시피를 개발한다는 명분으로 부침개를 일곱 장이나 부쳤습니다. 대표적으로 많이 쓰는 콩나물과 시금치, 고사리를 반죽에 섞어 삼색으로 구웠습니다.

고사리전 만들기는 손질된 고사리만 있다면 아주 쉽습니다. 데친 고사리를 2~3센티미터 길이로 쫑쫑 썹니다. 밀가루와 튀김가루를 1 대 1로 섞습니다. 튀김가루를 넣으면 바삭하게 구워집니다. 가루보다 조금 부족하게 물을 붓고 저어 적당히 하얗고 묽은 반죽을 만듭니다. 자른 고사리와 함께 소금을 한 꼬집 넣습니다. 뜨거운 기름 위에 반죽을 올려 지글지글 굽습니다. 진간장에 현미 식초를 섞어 노릇한 고사리전을 콕 찍어 먹습니다. 한입 삼키자마자 친구와 막걸리가 생각났습니다.

막걸리 한 병으로 새벽 세 시까지 수다를 떨었습니다. 안주로 차린 고사리전은 특유의 향과 질긴 식감이 있어서 입에 맞지 않을까 봐 염려했는데 친구는 살짝 질겨서 더 맛있다고 했습니다. 20년이나 알고 지냈으면서도 친구가 살짝 억센 듯한 줄기를 즐긴다는 사실을 몰랐습니다. 나와 다른 입맛을 만나 반가웠고 다름이 반가워서 안심했습니다. 서로 다른 채로 같은 식탁에 편히 마주 앉기까지 많은 날이 걸렸다는 생각이 들었습니다.

예전엔 친구가 대부분의 음식을 맛없어 한다는 인상을 받아서 메뉴를 고르기 미안하고 불편한 마음이 있었습니다. '난 웬만하면 다 맛있으니까 그냥 따라가면 되지, 뭐'라는 안일한 태도로, 가까운 친구의 취향을 제대로 알아가려는 노력을 하지 않았습니다. 특히 비건이 아니면서 나와 함께 식사를 하기 위해 비건에 대해 공부하는 이들을 만날 때마다 '가려 먹는 입맛'을 상대방의 몫으로만 남겨두곤 했던 과거의 모습이 떠올라 부끄러워졌습니다. 그래서인지 비건을 하면서 이 친구 생각이 꽤 자주 났습니다. 꽤 마른 편인 그녀는 음식을 깨작거린다는 말을 자주 들었습니다. 소고기와 닭고기는 맛이 없어서 먹지 않는 편이고 간이 센 음식보다 담백한 맛을 좋아합니다. 우유가 몸에 맞지 않아 오래전부터 식물성 드링크를 먹었습니다. 먹는 걸로 참견하는 경우가 많은 한국에서 비주류 입맛으로 산다는 게 무엇을 뜻하는지, 이제야 친구의 삶을 공감합니다.

50킬로그램짜리 몸뚱이를 가진 작은 인간 하나가 그보다 가벼운 다른 인간의 입맛 하나를 이해하는 데 1000번이 넘는 식사와 6000일에 가까운 낮과 밤이 필요했습니다. 세상이 아무리 빨라져도 나는 이렇게 느리고 더욱 느려질 예정입니다.

2025년이면 고령 인구 비율이 20퍼센트를 넘겨 초고령 사회에 진입합니다. 오래된 사람이 늘어나면 멀미 나게 빠른 사회가 조금은 느려질 수 있을까요. 스크린이 아닌 얼굴을 마주 보며 먹는 끼니가 다시 회복될 수 있을까요.

고사리전

데친 고사리를
손가락 한 마디 정도로 쫑쫑 썰어

밀가루와 튀김가루, 물을
섞은 반죽에 넣어줍니다.

뜨거운 기름에
반죽을 올려 손바닥만 한
크기로 부칩니다.

고사리의 향과 식감을
바삭한 전으로 즐겨보아요.

감자탕 좋아해?

오늘의 밥상

감자탕 라면

우리가 아는 감자탕의 깊은 맛의 비밀은 깻잎과 들깻가루에 있습니다.
이제부터 감자만 넣고 끓인 감자탕이 진짜입니다.

고등학생 때 처음으로 감자탕을 먹었습니다. 외식 경험이 거의 없었던지라 먹으러 가는 순간에도 감자탕이라는 음식이 무엇인지 몰랐습니다. 포슬포슬한 감자가 빨간 양념을 머금고 부글부글 익어가는 전골 같은 요리를 상상하며 반 친구들과 함께 생애 첫 감자탕집에 입장했는데 정작 감자는 몇 개 없고 뼈다귀만 가득한 걸쭉한 탕이 나와 의아했습니다.

'이게 왜 감자탕일까?' 감자를 잔뜩 소화시키려고 준비 운동 중이던 위장에 돼지의 살점이 어리둥절하게 채워졌습니다. 친구들은 능숙하게 뼈를 발라 먹으며 나에게 골수까지 쪽쪽 빨아먹으라고 알려줬습니다. 미끄러운 쇠젓가락 끝에 아슬아슬하게 매달린 돼지 등뼈의 오목한 홈 사이마다 하얗고 물렁한 것이 끼어 있었습니다.

채식을 시작하고 몇 년 간 감자탕을 아예 잊고 살았습니다. 모든 동물성 식품을 거부하는 채식주의자가 떠올리기엔 너무 멀리 있는 음식이었습니다. 그 이름은 애인과 저녁 메뉴를 고민하던 중에 번뜩 떠올랐습니다. 오랜만에 단골 가게를 찾은 사람처럼 물었습니다.

"감자탕 좋아해?"

그 역시 잊고 있었던 메뉴라며 감자탕의 소환을 무척 반
가워했습니다. 나는 돼지 없이 깊은 맛이 나는 감자탕을 끓
이기로 합니다. 아주 쉬운 방법으로요.

물은 라면 2개 끓일 때보다 조금 많이 넣고, 감자는 두
알을 잘라서 먼저 익힙니다. 간은 간장이나 비건 다시다로
합니다. 혼자 먹을 땐 주로 간장이나 소금을 쓰지만 누군가
를 대접할 땐 대기업의 힘을 빌리는 앙큼함을 발휘합니다.
덕분에 손님들은 제가 요리 천재인 줄 압니다.

감자가 속까지 익으면 채식 라면 두 봉지를 뜯어서 면과
분말 스프만 넣고 함께 끓입니다. 건더기 스프까지 넣으면
흔한 라면의 맛이 강해지기 때문에 생략합니다. 얼큰함이
좋다면 고춧가루도 한두 숟갈 풀어줍니다. 면이 거의 익어
서 불 끄기 직전일 때, 잘게 썬 깻잎과 들깻가루를 산처럼
쌓아 올립니다. 감자 익히기가 귀찮다면 과감히 생략하고,
깻잎과 들깻가루만 넣어줘도 됩니다.

이 간단한 레시피로 진짜 감자탕 맛이 나는 걸쭉한 라면
을 먹을 수 있습니다. 정말 놀랍지 않나요? '메인 재료' 없

이도 똑같은 맛을 낼 수 있다니…! 감자탕의 진짜 주재료는 흙에서 자라는 감자도 아니고 돼지의 몸속에 자리한 등뼈도 아니었습니다. 우리가 아는 구수하고 얼큰한 감자탕의 깊은 맛은 깻잎과 들깻가루에서 나옵니다.

감자뼈라 불리는 돼지 뼈가 들어가서 감자탕이라는 이름이 붙었다는 설은 잘못된 상식입니다. 그런 이름의 뼈는 존재하지 않습니다. 어떤 이름으로 부르든 감자탕에는 돼지의 등뼈가 들어갑니다.

수컷 돼지는 태어난 지 일주일 정도가 되면 거세를 당합니다. 고환에 살짝 칼집을 낸 뒤 손으로 뜯습니다. 생산 비용이 증가한다는 이유로 마취를 생략합니다. 거세를 하는 이유는 웅취라 불리는 수컷 돼지 특유의 냄새를 없애기 위함입니다. 아기 돼지는 냄새 없는 고기가 되기 위해 생살이 뜯겨나가는 고통을 겪습니다. 돼지 냄새를 지운 돼지 요리를 만들 거라면 애초에 돼지를 넣지 않는 편이 좋겠습니다. 만드는 사람도 편하고, 돼지를 거세하거나 죽이지 않아도 됩니다. 맛에 큰 차이가 없으니 먹는 사람도 만족할 겁니다.

이제부터 감자만 넣고 끓인 감자탕이 진짜입니다.

감자탕 라면

감자 두 알과
깻잎 열 장 정도를 씻어요.

간장 한 국자와 대파는
취향 따라 물에 넣고 끓입니다.

감자가 다 익었으면
라면 오개를 넣고 끓여요.

식물성 라면인
풀무원 '정면' 추천!

건더기 스프는 빼는 게 더 맛있었어요.

> 건더기 스프는 넣으면
> 너무 그냥 라면 같음.

면이 90퍼센트 정도 익었을 때
깻잎을 썰어 넣고 들깻가루 팍팍!

불을 끄고 살짝 뜸 들이면 끝입니다.

귀찮으면 라면에
깻잎, 들깻가루만
넣어도 오케이!

소중하고 사소한 식사

김치 칼제비

우리는 마주 앉아 김치 칼제비를 호호 불며 먹었습니다.
소중한 것을 소중히 여기는 일 말고는 다 사소하게 느껴지는 수요일이었습니다.

여름 장마 같은 가을비가 내리는 어느 수요일 오후, 《아무튼, 떡볶이》를 읽은 뒤 쭉 흠모했던 요조 작가님을 초대해 같이 점심을 먹기로 했습니다. 자주 만나는 사이는 아니지만 함께 먹은 모든 음식들이 기억납니다. 처음에는 사직동에서 파는 커리를 먹었고, 그다음엔 내가 만든 떡볶이, 세 번째로는 청국장, 그리고 가장 최근 만남에선 파스타와 알배추구이를 먹었습니다. 채식이라는 점 말고는 공통분모가 없는 메뉴 선정 탓에 음식 취향을 제대로 파악하지 못하고 초대를 저질렀는데(떡볶이를 좋아한다는 것 말고는 정보가 없었습니다), 만나기 전 열린 북토크에서 요조님이 좋아하는 음식을 알게 되었습니다.

"김치가 들어가면 다 좋아하는 것 같아요."

친구가 나눠준 비건 김치로 냉장고가 가득한데, 때마침 김치 요리를 좋아하는 손님이 오다니! 나는 그 말을 듣기 전부터 김치전을 부칠지, 김치 칼국수를 끓일지 고민하고 있었기 때문에 이 만남은 운명이라고 결론 내렸습니다. 각각의 상관없는 사건들이 인과처럼 연결돼 보였습니다. 조심스레 고백하자면, 나는 사소한 일에 의미를 부여하는 오버쟁이고 툭하면 운명을 느끼는 미신쟁이입니다. 식물성 식단이 더 친환경적이라는 과학적 근거를 대며 숫자를 나열하기보다 동물을 해치면 벌 받는다는 식의 동화를 쓰고 싶습니다. 비이성적인 채식주의자로 보일까 봐 아닌 척할 뿐이지요.

불과 몇 년 전만해도 남의 살을 먹는 일에 거리낌이 없었습니다. 머리부터 발끝, 내장부터 껍데기까지 죄다 먹는 식성을 은근히 자랑스러워했던 것 같기도 합니다. 언제든 신선한 동물의 사체를 살 수 있는 현실이 이상하다고 느끼지 못했습니다. 누군가 죽고 사는 문제보다 내 입맛이 더 중요했으며, 야식 메뉴 선정 같은 사소한 일에 목숨을 걸었습니다. 불교에서는 죄를 지으면 축생으로 환생한다고 합니다. 어쩌면 나부터 돼지나 닭으로 환생할지도 모르겠습니다.

냄비 가득 김치와 호박을 썰어 넣고 폴로쿠(버섯을 갈아 만든 채식 조미료)로 감칠맛을 냅니다. 칼국수와 수제비를 함께 넣고 8분 정도 끓이면 속까지 쫀득하게 익고 국물은 걸쭉해집니다.

"칼국수가 좋으세요? 수제비가 좋으세요?"

이미 칼제비를 끓이면서 물었습니다. 이 정도 독단은 선택의 고민을 덜어주는 배려라고 우겨봅니다. 칼국수면 어떻고 수제비면 어떻습니까? 어차피 말랑하게 익은 밀가루 조각입니다.

다행히 작가님은 둘 다 좋다고 대답했습니다.

'무엇'을 먹느냐는 중요한 문제지만 요리로 완결된 상태 자체는 '무엇'이라고 볼 수 없습니다. 다듬고 익히기 전 본디 '무엇'이었는지를 봐야 하지요. 우리의 감각은 시간과 공간의 구애를 받지 않기 때문에 손질된 살점에서 한때 살아 있었던 동물을 느낄 수 있습니다. 듣고자 하면 심장 소리가 들리고, 보고자 하면 순수한 얼굴이 보입니다. 지금 무엇을 먹고 있는지, 누구를 먹고 있는지, 원한다면 언제든 알아차릴 수 있습니다.

푸르게 쏟아지는 비, 쌀쌀할 때 먹는 뜨끈한 한 그릇. 새콤하고 개운한 김치 칼제비를 호호 불며 먹었습니다. 김치가 딱 적당히 익어 군침 도는 신맛이 났습니다. 넘실넘실 가득했던 그릇이 바닥을 보입니다. 콧등에 땀이 살짝 맺힙니다.

사우나처럼 개운했던 식사를 마치고 타로 카드를 꺼냈습니다. 제가 둘째가라면 서러운 미신쟁이기는 하지만 진심으로 카드에 신비로운 힘이 있다고 믿는 사람은 또 아닙니다. 오래전 공장에서 출력된 그림 카드들은 마을을 열기 위한 매개체일 뿐입니다. 수제비든 칼제비든 밀가루 조각인 것처럼요.

다른 사람의 마음이나 다가올 미래처럼 결코 알 수 없는 영역에 대해 한참 이야기를 나누다가 돌아가는 기차를 놓칠 뻔했습니다. 출발 시간 1분을 남기고 비를 맞으며 뛰어가는 요조 작가님의 뒷모습을 잠시 기다렸다가, 기차에 탔다는 문자를 받고 시동을 걸었습니다.

소중한 것을 소중히 여기는 일 말고는 다 사소하게 느껴지는 수요일이었습니다.

김치 칼제비

김칫국물과 물을 넣습니다.

끓어오르면 김치를
왕창 잘라 넣고 호박도
깍둑썰기로 잘라 넣어요.

소금으로 간을 맞추고
고춧가루도 한 숟갈 탈탈!

국물이 바르륵 끓으면
간을 한번 봅니다.

이제 칼국수와 수제비를 넣고
7~8분 더 끓이면, 끝!

안녕, 하리

들깨 수제비

저는 하리에게 다시 태어나지 말라고 기도했습니다.
우리 하리가 농장 동물로 태어나, 좋은 날이 오지 않는 삶을 살면 어떡하죠.

하리가 떠났습니다. 하리는 부모님 댁에서 키우던 강아지입니다. 열 살이 넘었으니 개라고 말해야겠지만 하리는 마지막 순간까지 아기 같았습니다. 펫숍에서 사온 강아지가 아닙니다. 2011년 우리 집 마당에서 태어났습니다. 하리는 쫑긋한 귀, 길쭉한 흰 털에 군데군데 부드러운 갈색 무늬를 가졌습니다. 나이를 먹어서도 코와 눈이 새카맸습니다. 평생을 마당에 묶여 살다가 마지막 한 달은 여동생의 아파트에서 보냈습니다. 하리는 심장사상충 말기였습니다. 처음 동생이 병원에 데려갔을 때, 회복하는 듯 보였던 하리는 급격하게 상태가 나빠져 병원에서 안락사를 말할 정도가 됐습니다. 수술 중 사망 가능성이 크다고 했습니다. 수술비는 300만 원이었습니다.

3월 18일 토요일 아침, 작은 기적을 바라며 하리가 수술대에 올랐을 때, 저는 예전에 전시를 함께했던 여진 작가님과 함께 학여울역 세텍SETEC에서 열리는 비건페스타에 있었습니다. 행사장을 돌고 나서 휴대폰을 확인하니 메시지가 와 있었습니다.

"하리 떠났어."

동생은 하리가 든 상자를 안고 장례식장으로 향하고 있었습니다. 비건페스타를 둘러본 후 카페에 가기로 했지만, 여진 작가님의 배려 덕에 일정을 취소하고 동생이 사는 지역으로 가는 가장 빠른 버스를 탈 수 있었습니다. 터미널에 도착해서 장례식장까지 택시로 이동했습니다. 대부분의 동물 장례식장은 대중교통이 다니지 않는 외진 곳에 있습니다. 새파란 원피스를 곱게 입은 동생이 마중을 나왔습니다. 아침부터 울어 눈이 잔뜩 부은 채로.

추모실로 향할 때까지만 해도 울지 않을 거라 생각했는데, 반투명한 유리문을 열자마자 눈물이 쏟아져 내렸습니다. 모니터 속 밝게 웃고 있는 하리 사진 아래로 다시는 깨지 않는 잠에 든 하리가 누워 있었습니다. 그 앞에 주저앉아 이제는 향기를 맡을 수도 없는 꽃을 머리맡에 놓으며 들리지 않는 말을 속삭였습니다.

"꽃 냄새 더 많이 맡게 해줄걸. 미안해. 미안해. 미안해…."

동생은 하리에게 꼭 더 좋은 곳에서 태어나 다시 만나자고 기도했습니다. 저는 다시 태어나지 말라는 기도를 했습니다.

'하리야, 다시는 동물로 태어나지 마. 천국에서 영원히 행복하기를…'

가축행성 지구에서 지금의 하리보다 더 행복할 수 있는 동물이 몇이나 될까요. 동생이 하리에게 다시 만나자고 말할 때, 슬픈 눈을 한 소와 오물을 뒤집어 쓴 돼지, 좁은 케이지에 빽빽하게 갇힌 닭들이 떠올랐습니다. 윤회가 실제해서 우리 하리가 농장 동물로 태어나버린다면 좋은 날이 오지 않는 삶을 살다 고기로 도축되고 말겠지요. 하리가 다시 태어나지 않기를 진심으로 빌고 빌었습니다.

"괜히 성급하게 수술한 건 아닐까? 다른 병원을 더 찾아봤어야 하나?"

동생은 자책하며 더 울음을 터트렸습니다.

"아니야, 하리도 고마웠을 거야. 네가 보살펴줄 때 많이 행복해 보였어."

더 잘해주지 못해 미안한 마음과는 별개로, 하리는 행복한 멍멍이였다고 생각합니다. 5명 중 1명이 반려견을 키우지만 끝까지 키우는 비율은 12퍼센트밖에 되지 않습니다. 2017년 이후 매년 10만 명 넘는 유기동물(유실동물을 포함한 통계)이 생이별 당합니다.

화장과 분골을 마친 하리는 주먹만 한 도자기에 담길 만큼 작아졌습니다.

"언니도 있으니까 채식 먹을래. 오늘만이라도 그러고 싶어."

한 끼도 먹지 못한 동생이 말했습니다. 행복했던 작은 동물의 존엄을 지키기 위해 이 많은 시간과 마음과 비용을 들여놓고, 평생을 비참하게 살다 죽은 동물을 맛있게 먹는다면 기이하니까요.

우리는 나란히 거실에 앉아 들깨 수제비를 먹었습니다. 퉁퉁 부은 눈으로 비극과 멀어지는 식사를 천천히 넘깁니다.

들깨 수제비

수제비는 직접 반죽해도 좋고
마트에서 구매해도 좋습니다.

끓는 물에 간장을 풀고 애호박,
당근 등 야채를 잘라 넣습니다.

수제비를 넣고
한소끔 끓여냅니다.

들깻가루를 취향대로 붓고
한 그릇 가득 담아냅니다.

관찰하는 마음으로

두부 오이 비빔국수

수업을 준비하며 '아이들은 오이를 싫어하지 않을까?' 걱정했었습니다.
그러나 아이들은 어른의 지레짐작을 뛰어넘습니다.
아이들은 스스로 부딪치고 대응하는 법을 배웁니다.

"채식을 해서 마른 거예요?"

"식물은 안 불쌍해요?"

아이가 물으니 익숙한 질문도 낯설게 들립니다.

아, 저는 지금 미루고 회피했던 채식 요리 강의(요리 전문가가 아닌 터라 요리 강의를 진행하긴 무척 부담스러웠습니다)를 하러 서울의 한 아파트 단지 내부에 있는 키움센터에 왔습니다. 어린이와 접점이 없는 제겐 생소한 장소입니다. 서울에는 브랜드 아파트 사이에 동네 키움센터가 있군요.

1학년부터 6학년까지 고루 섞여 있는 초등학생 15명과 채식에 대한 이야기를 나누고 비건 비빔국수를 만들면서 60분을 보내야 합니다. 무료로 채식 레시피를 배포하던 비전문가를 아이들은 거리낌 없이 선생님이라고 불러줍니다.

"선생님, 휴대폰 번호 알려주세요."

"50킬로그램 넘어요?"

"사인해줄 수 있어요?"

"선생님, 유튜브 구독자 몇 명이에요?"

질문을 멈추지 않는 아이들과 마냥 기다리고 있는 아이들 사이에서 갈팡질팡하고 있으니, 센터 선생님들께서 어수선한 분위기를 정리해주었습니다. 혼자였다면 한마디도 제대로 못하고 시간을 허비했을 가능성이 큽니다. 아이들이 나보다 훨씬 많은 문장을 말했습니다.

학생들에게 채식으로 먹을 수 있는 음식들을 알려주는 동안 센터 선생님들은 국수를 삶았습니다. 교실 한쪽에 쌓여 있던 색깔 접시가 아이들 앞에 하나씩 놓입니다. 노랑 접시, 파랑 접시, 분홍 접시…. 아이들은 자신의 접시 위에 필러로 오이를 대여섯 번 얇게 저미는 일만 하면 됩니다.

큰 그릇에 삶은 소면과 으깬 두부를 넣고 간장과 들기름, 들깻가루를 넣고 비볐습니다. 거기에 아이들이 저민 오이를 넣고 골고루 섞은 다음, 색깔 접시 위에 동그랗게 올려 나눠줬습니다. 원하는 사람에게 김자반을 뿌려주겠다고 하자 모두가 원한다고 손을 듭니다. 한 손에 장갑을 끼고 돌아다니며 모든 아이들의 국수 위에 김자반을 뿌렸습니다. 오이를 남기거나 싫어하는 아이가 없어서 내심 놀랐습니다.

수업용 요리로 두부 오이 비빔국수를 선택할 때 '아이들은 오이를 싫어하지 않을까?'라는 우려가 있었습니다만,

어른의 지레짐작으로 '어쩌면 아이가 싫어할 만한 재료'를 미리 배제하고 싶지 않았습니다. 재료의 호불호보다 중요한 것은 체험의 즐거움입니다. 강요하지 않는다면 아이들은 스스로 배운다고 믿습니다. 설령 오이를 싫어한다고 해도 취향이 아닌 식재료를 다루는 법이든, 싫어하는 메뉴만 있는 상황을 대처하는 방법이든, 내겐 맛없는 오이가 다른 친구들에겐 맛있을 수도 있다는 사실이든, 체험하는 시간 동안 저마다 무언가를 마주하고 대응하는 법을 배우게 됩니다.

낯섦과 차이를 느낄 때 거부와 수용을 적절하게 할 줄 아는 인간으로 성장하기 위해서는 일단 그런 상황을 겪어봐야 자신의 기준을 세울 세울 수 있습니다. 그렇기 때문에 당장 눈앞에서 오이를 치워주는 게 아니라 오이가 있어도 즐거운 시간을 보내는 방법을 터득하게 해주는 것이 좋은 교육입니다, 라고 생각하면서도 사실 아이들이 맛없게 먹을까 봐 걱정했는데, 다들 잘 먹어줘서 어찌나 고마웠는지 모릅니다. 아이가 반응하기 전에 오이에 대한 걱정을 늘어놓지 않아 다행입니다. 아이들은 어른과 달리 거름망 없이

유연하게 흡수하는 존재들이라 "오이를 싫어할까 봐 걱정된다"고 말하는 어른의 말에 대한 반응으로 오이를 싫어하게 될 수도 있습니다. 아이를 대할 때는 내게 편리한 편견이 아니라 관찰하는 관심을 가지고 대해야 합니다.

몇몇 아이들은 자신의 부모님은 두부 오이 비빔국수를 만드는 법을 모른다고 걱정하며, 집에서 또 먹을 수 있게 유튜브에 레시피를 꼭 올려달라고 당부합니다.

"선생님, 우리 집에 놀러 오세요. ○동 ○호!"

아무렇지 않게 큰 목소리로 집 주소를 알려주면서.

두부 오이 비빔국수

소면을 삶습니다. 거의 익을 때쯤
두부를 같이 넣어 데워주세요.

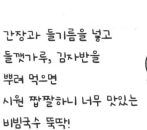

찬물에 소면을 헹구고
두부를 으깨서
한 그릇에 담습니다.

필러로 오이를
얇게 저며 넣습니다.

간장과 들기름을 넣고
들깻가루, 감자반을
뿌려 먹으면
시원 짭짤하니 너무 맛있는
비빔국수 뚝딱!

위로를 잘하는 사람

고추장찌개

뻔한 이야기 대신 그가 좋아하는 요리로 위로하고 싶었습니다.
포슬한 감자를 넣어 끓인 고추장찌개, 이 맛있는 연주로 당신을 모시겠어요.

돌이켜보면 위로를 하기보다 위로를 '잘하는 사람'이고 싶었던 것 같습니다. 고작 몇 마디 말로 긴 슬픔을 끝낼 수 있다고 생각하다니 너무 오만했습니다. 지금은 위로를 '잘'하려고 하지 않습니다. 무슨 말을 해야 할지 모를 때, 아무 말이라도 뱉으려는 입을 꾹 다뭅니다. 위로가 필요한 마음은 말에 잘 베입니다.

2023년 겨울, 애인이 갑상선암이라는 사실을 주변에 알렸을 때, 몇몇 사람은 "갑상선암 별거 아냐"라고 말했습니다. 위로하려는 의도였겠지만 괜찮았던 기분을 오히려 묘하게 요동치게 만드는, 위로도 아니고 조언도 아닌 이상한 말이었습니다. 힘든 상황에서 듣고 싶은 말이 없을지 몰라도 듣기 싫은 말은 있다는 걸 알아차리는 계기가 됐습니다.

대개 그렇듯, 저도 늘 병원을 싫어했습니다. 소독약 냄새와 어수선한 북적임, 채취가 뒤섞인 복도, 지루한 기다림, 길쭉한 주사 바늘과 아픈 사람들…. 애인의 갑상선암 수술로 난생 처음 환자가 아닌 보호자로서 병원에 있으면서 생각이 조금 달라졌습니다.

3시간이 넘는 수술이 끝나고 죽은 사람처럼 창백한 얼

굴을 한 애인이 침대에 실려 들어왔습니다. 그의 마른 입술이 찰흙처럼 움직일 때 생과 사는 맞닿아 있다는 사실을 잊고 지냈음을 깨달았습니다. (심지어 왼팔 이두근 위에 'memento mori(죽음을 잊지 마라)'라고 새겨놓고서 말이죠. 타투이스트의 실수로 'memento meri'가 되었지만…)

"죽을 밥으로 바꿔드릴까요?"

"소변 누면 알려주세요."

"많이 아프시면 참지 말고 얘기하세요."

병원에선 '먹고 자고 싸며 살아 있기'보다 중요한 일은 없었습니다. 커튼 한 장으로 가려둔 공간, 사람들의 말소리와 발걸음이 들려오는 좁고 딱딱한 보호자 침대 위에 앉아 묘한 편안함을 느꼈습니다. 오직 생명 유지 활동에만 집중하는 병실 생활이 싫지 않았습니다.

온갖 불안과 걱정이 '살아 있음' 하나로 누그러집니다. 음식이 들어갈 때마다 천천히 붉어지는 입술을 보며 생명의 온도를 읽습니다.

"고생했어."

그의 손을 꼭 잡으며 '살아 있음'이라는 이 특수하고 유한한 상태를 꼭 붙듭니다. 수술은 잘 끝났습니다. 그의 작은 방이 아닌 나의 집으로 함께 왔습니다.

일상생활이 가능할 정도로 회복됐을 때, 암세포가 전이되어 항암 치료를 받아야 한다는 소식을 들었습니다. 모두가 하는 뻔한 이야기를 진지한 목소리로 말하기보다, 그가 좋아하는 요리를 해주고 싶어졌습니다.

"감자를 크게 썰어 넣은 고추장찌개, 좋아해?"

그래, 당신을 칼날이 또각또각 나무 도마에 부딪히고, 부엌 가득 보글거리는 소리가 흘러나오는, 이 맛있는 연주에 유일하고 특별한 손님으로 모시겠어요. 여기 뜨끈한 쌀밥과 찌개 한 술 드셔보세요.

푹 익은 감자와 애호박이 어우러진 고추장찌개 위로 뽀얀 김이 몽글몽글 올라옵니다. 아무 말 없이 마음을 전합니다.

고추장찌개

끓는 물에 고추장을 풀고
손질한 감자를 넣습니다.

국간장도
한 스푼 넣어주세요!

감자가 반 이상 익었을 때
호박, 버섯 등을 함께 끓입니다.

재료는 씹는 맛을 위해 큼직하게 썰어주세요.

대파와 두부를 잘라 넣고
소금과 고춧가루로 간을 맞춥니다.

그릇에 담아,
쌀밥과 함께
뜨끈하게 먹어보세요.

다재다능 만능

만능 쌈장

고소한 향이 제대로 나는 쌈장은 만능입니다.
무엇을 싸먹어도 최상의 맛이 납니다.

내가 아는 가장 웃긴 에세이스트 양다솔이 북토크를 하러 진주에 왔습니다. 작가이자 스탠드업 코미디언인 다솔이는 글과 말로 울리고 웃깁니다. 어디에 있어도 빛나는 재능입니다.

"온 김에 자고 가! 우리 집에서 밥도 먹고 차도 마시자."

무청 시래기밥과 고추장찌개, 버섯구이와 감태를 차립니다. 피 묻지 않은 밥상으로 기쁘게 맞이합니다. 평소 먹던 대로 쌈장(사실 막장이었어요)에 참기름을 섞어 내자 다솔이가 감탄했습니다. 쌈밥을 사랑하는 다솔에게 쌈장으로 인정받다니… 뿌듯하군요. 고소한 향이 제대로 나는 참기름을 넣은 쌈장은 만능입니다. 버섯, 두부, 콩나물, 무엇을 싸 먹어도 최상의 맛이 납니다.

새로운 아침에는 차를 마셨습니다. 주인 잘못 만나 유물이 될 뻔한 찻상과 차호를 오랜만에 보이차로 사우나 시켜줍니다. 저 말고 다솔이가요. 편안한 모습의 다솔이가 차를 마시는 거실의 주인처럼 보였습니다. 오래된 안부를 어제 일처럼 주고받습니다. 가끔씩 불행은 불행으로 씻어 내립니다.

다솔은 누군가의 가족을 만나면 그 사람의 뿌리를 보는

것 같아서 좋다고 했습니다. 냉큼 초마카(초식마녀 car, 피부병에 걸려 녹슬고 있는 황금 마티즈)에 태워 뿌리를 찾는 여정을 떠났습니다. 제 부모님을 뵈러 갔다는 말입니다. 다솔이는 누굴 만나도 씩씩하고 싹싹합니다. 덕분에 엄마의 팔불출력ヵ이 정점을 찍었습니다. 자랑으로 사랑을 하십니다.

"우리 딸은 어려서부터 한글도 일찍 떼고 말도 빨리 했어. 외우기도 잘하고….."

"이렇게까지 어릴 때부터 이야기가 시작될 줄은 몰랐습니다, 어머님."

창피함은 효과적인 고문 도구입니다. 똑똑하고 재능 많은 젊은이 앞에서 불혹을 앞두고 유년 시절의 총명함을 뽐내려니 창피해서 도망가고 싶었습니다. 초식마녀의 뿌리를 만난 다솔은 걱정하지 않아도 되겠다며 시원하게 웃었습니다. 큰 눈이 활처럼 휩니다.

"가기 전에 싸인해주고 가."

《가난해지지 않는 마음》표지 아래 사랑을 담은 자음 모음이 새겨집니다. 다솔이는 보물찾기처럼 편지를 여기저기 남기고 다솔이의 뿌리로 돌아갔습니다.

만능 쌈장

쌈장이나 막장에
고소한 참기름을 부어 섞어주세요.

상추 위에 깻잎을 올리고,
각종 재료를 만능 쌈장과
함께 싸서 드셔보세요.

구운 버섯, 따끈한 두부와 특히 환상 궁합!

이름 붙이는 일

비건 새우 파스타

내게 소중한 이름을 가진 이들에게 직접 제대로 된 식사를 차려주고 싶습니다.
익숙하지 않은 엄마의 부엌에서 새우 없는 새우 파스타를 만들어봅니다.

어버이날을 맞아 부모님 댁으로 향합니다. 대중
교통이 거의 다니지 않는 마을이라 차를 끌고 갑니다. 운
전을 하고 보니, 도로는 안전과 위생 개념이 발달한 문명사
회에서 직접적으로 생명의 위협을 느낄 수 있는 보기 드문
장소입니다. 약육강식의 규칙이 노골적으로 통용되는 아
스팔트 도로 위에서 오래된 경차를 몰고 있으면 무리하게
끼어들고 위험하게 추월하는 차들이 얼마나 흔한지 알고
싶지 않아도 알게 됩니다.

그중에서도 기억에 남는 자들은 보통 나이 든 여성 운전
자들입니다. 그들이 유달리 위험했다거나 절대적 다수인
것도 아닙니다만, 존재를 확인한 순간 '김 여사'라는 단어
가 자동으로 떠오르며 각인되어 버립니다. 내가 그 단어를
싫어하는지 좋아하는지, 실제로 그 단어가 유효하게 사용
되는지 아닌지는 중요하지 않습니다. 단어를 알고 있다는
사실만으로 내 뇌는 나이 든 여성 운전자와 마주하게 된
사건을 더 특별하게 기억합니다. 김춘수 시인의 시, 〈꽃〉에
서처럼 그의 이름을 불러주기 전에는 다만 하나의 몸짓에
지나지 않았으나 그의 이름을 불러주었을 때, 그는 나에게

로 와서 꽃, 아니 김 여사가 됩니다.

이와 달리 험하게 운전하는 남성 운전자들에겐 불러줄 이름이 없습니다. '난폭 운전자'나 '보복 운전자'는 성별, 나이 등이 드러나지 않기 때문에 행위의 주체가 되는 개인의 특성이 주목받지 않습니다. 같은 잘못을 해도 남성 운전자는 익명이라는 방패를 가집니다.

소수에게 나쁜 이름을 붙이는 것이 얼마나 쉬운지, 얼마 전 '극단적 채식이 건강을 망친다'는 내용의 기사를 읽으면서도 느꼈습니다. 채식의 건강적 이점을 말하면서도, 영양 균형을 고려하지 않으면 뼈 건강을 해치고 탈모, 피로감 등을 느낄 수 있다는 내용이었습니다. 극단적인 '채식'이라는 말을 극단적인 '식단' 혹은 극단적인 '육식'으로 바꾸어도 똑같이 말할 수 있습니다. 영양 균형을 고려하지 않는 식단은 당연히 건강에 해롭습니다. 닭가슴살을 매일 먹는 극단적인 육식 식단이 건강식처럼 대중화된 한국 사회에서 소수의 채식주의자를 저격하듯 '극단적 채식'이라는 자극적인 이름을 붙이는 일이 옳은지, 그저 다수의 호응을 끌어내기 좋은 편한 길을 택하는 것은 아닌지, 새로운 언어는 새로운 사고를 창조하는 일인 만큼 신중하게 고민해 볼 필요가 있습니다.

차를 세우고 보조석에 있는 묵직한 가방을 내립니다. 콩과 곤약으로 만든 비건 새우, 스파게티, 올리브유가 들어 있습니다. 가족들에게 직접 제대로 저녁 식사를 차려주고 싶어서 챙겨왔습니다. 익숙하지 않은 엄마의 부엌에서 스파게티를 삶고 올리브유에 마늘과 고춧가루를 잔뜩 넣어 기름을 냅니다. 해동한 비건 새우와 면을 넣고 소금으로 간을 맞추면 훌륭한 비건 감바스 파스타가 됩니다. 2개의 큰 접시에 나누어 담고 말린 허브도 뿌렸습니다. 아빠, 엄마, 나, 동생 둘. 다섯이 먹기 부족할까 봐 올리브 치아바타도 데웠습니다. 폭신한 치아바타를 매콤한 오일에 찍어먹으면 아주 맛있습니다. 탱글탱글한 비건 새우와 고추기름, 강렬한 마늘향이 아주 잘 어울립니다. 남동생은 새우 모양의 재료가 꽤 그럴싸하다며 신기해했습니다.

정작 이름으로 부르는 일은 거의 없지만 내게 가장 소중한 이름을 가진 사람들이 새우 없는 새우 파스타를 남김없이 먹습니다.

비건 새우파스타

비건 새우는 미리 해동해주세요.
따뜻한 물에 담가두면 금방 녹습니다.

스파게티를 삶는 동안 올리브유에
고춧가루와 마늘을 잔뜩 넣어 향을 냅니다.

고추기름에 삶은 스파게티와
비건 새우를 넣고 센불에 볶습니다.

휘리릭 볶아낸 스파게티를
접시에 담아 소금으로 간을 맞추고
말린 허브를 뿌려 마무리합니다.

매콤한 오일에 치아바타를
찍어 먹어도 아주 맛있어요!

조화로운 식사

채소 전골

함께하는 순간만이라도 탈자본적이고
탈육식적인 경험을 하길 바라며 음식을 준비합니다.
평화로운 재료들이 따끈한 국물 속에서 포근하고 맑게 어우러집니다.

"올해 가기 전에 모이자." 정해진 약속처럼 서로의 날을 맞추고 장소와 음식을 고르는 연말입니다. 의무적으로 마스크를 쓰던 시절이 없었던 것처럼 맨얼굴로 모이는 날들에 금방 익숙해졌지만, 식탁 위에 놓인 치킨이나 보쌈은 도무지 익숙해지지가 않습니다. 익숙해지긴커녕 점점 더 낯설어집니다. 동물 없는 끼니가 누적될수록 고기에 부재했던 동물의 존재가 선명해집니다.

내게도 한때 음식이었고 일상이었던 동물의 조각들. 채식하는 사람이 불편함을 준다는 인상을 주고 싶지 않아서 내가 불편해지는 쪽을 택하다 보니 한때 살아 있었던 동물들과 동물의 존재를 상기시키는 '나'라는 사람이 어느 순간 사라져 있었습니다. 펜데믹 종식을 선언한 2023년의 끝자락, 아무것도 변하지 않은 식탁을 마주할 때마다 조금은 힘이 빠집니다.

2022년, 한국인의 육류 소비량이 최초로 쌀 소비량을 추월했습니다. 한국농촌경제연구원은 쌀 소비는 지속적으로 줄고 육류 소비는 꾸준히 늘어나리라 전망했습니다. 실로 그렇듯, 한국인의 육류 소비량은 2012년 이후 10년 동안 42퍼센트나 증가했습니다. 한국에서만 1초에 약 36만 마리의 축산 동물이 도살당합니다.

평소에도 많이 먹는 고기를 굳이 내 앞에서까지 편하게 먹도록 '배려'했습니다. 아니, 배려한다고 생각했습니다. 하지만 다수의 편의를 위해 소수가 참는 행위를 배려라고 볼 수 있을까요? 민폐 끼치지 않는 존재가 되기 위해 저항하지 않았다는 부채감이 신체 어딘가에 차곡차곡 쌓입니다. 고기 한 점의 대가로 얼마나 많은 피와 분변이 흐르는지 알면서, 그저 몇 사람의 기분을 상하게 할까 봐 '육식주의'에 순응했습니다(여기서 사용한 '육식주의'는 멜라니 조이의 저서 《우리는 왜 개는 사랑하고 돼지는 먹고 소는 신을까》에 등장하는 개념으로, 육류만 섭취한다는 의미가 아닌, 육식을 자연스럽게 여기고 특정 동물을 먹는 일이 윤리적이고 적절하다고 생각하는 신념 체계를 의미합니다).

누군가는 비건을 극단적이라고 말하지만 순서가 거꾸로입니다. 극단적인 육식주의 때문에 비건을 택합니다. 불과 몇 십 년 전만 해도 고기는 특별한 날에만 먹는 귀한 음식이었습니다. 오늘날 대부분의 사람들이 매일같이 동물이 들어간 식사를 합니다. 생존을 위해서가 아니라 맛을 위해 먹습니다. 혀가 즐겁기 위해 이렇게까지 고통을 주지 않았다면, 이렇게까지 많이 태어나게 하고 이렇게까지 많이 죽이지 않았다면, 어쩌면 저는 비건을 선언하지 않았을지도 모릅니다. 육식을 정당화하기엔 너무 거대한 폭력이 존재했습니다. 우리는, 매년 3억 톤이 넘는 육류와 1.7억 톤의 수산물을 생산하는 거대한 산업이 생태계 파괴를 넘어 인류의 멸종을 부르는 시대를 살아가고 있습니다. 빠져나갈 구멍 없이 궁지에 몰리는 바람에 자의 반 타의 반으로 비건을 할 수밖에 없었습니다.

우리 집에 사람들을 초대할 때만큼은 미리 만들어둔 초대장을 보냅니다. '논비건 음식이나 제품 입장 금지, 하지만 논비건 사람은 환영한다'는 내용입니다. 선물 또한 받지 않습니다. 물건이 아닌 마음을 주고 받는 데 익숙해지면 좋겠습니다. 이 공간에서 함께하는 순간만이라도 (비교적) 탈자본적이고 탈육식적인 경험을 하길 바라며 제철 채소가 가득 들어간 요리를 준비합니다.

겨울이면 무와 배추를 가득 넣고 채소 전골을 끓이는데,

국물이 깊고 시원해서 다들 놀랍니다. 곤약을 한입 크기로 썰어 넣으면 탱글탱글한 식감이 겨울 채소와 몹시 잘 어울립니다. 간장에 와사비를 풀어서 찍어 먹습니다. 평화로운 재료들이 따끈한 국물 속에서 포근하고 맑게 어우러집니다. 소면이나 채식 만두를 함께 넣고 끓여도 맛있습니다.

가끔은 제멋대로 논비건 음식과 함께 입장하는 손님도 있습니다. 내가 사용하는 그릇에 어묵과 달걀이, 동물 학대의 흔적이 묻는 것이 꺼림칙하지만 대놓고 싫은 소리 한 적은 아직까지 없습니다. 손님들에게 즐거운 경험을 만들어주고 싶다는 생각과 알려줄 건 알려줘야 한다는 생각의 승부가 아직 나지 않았기 때문입니다. 판단이 서지 않을 때는 일단 얌전히 있기로 했습니다. 조화를 깨는 재료 하나가 전골을 통째로 못 먹게 만들기도 하니까요. 육식 없이 양손 가볍게 만나는 모임이 더 확장되길 바라며 모두가 떠난 뒤 빡빡 설거지를 할 뿐입니다.

채소 전골

냄비 가득 무를 넣고 끓입니다.

무가 투명하게 익으면
배추도 잔뜩 넣습니다.

간장과 소금으로 간을 하고
곤약을 먹기 좋게 잘라 넣습니다.

특별한 비법은 없습니다.
물 반 채소 반으로 끓이면
완성됩니다.

부드럽게 익은 무와 배추, 탱글거리는 곤약을
고추냉이 푼 간장에 찍어 먹으면

어묵 없이도
어묵탕 맛이 난답니다.

초식마녀 툰

마주 보는 시간

이동시 '절멸 선언'에서
요조 님을 처음 뵙고

《아무튼, 떡볶이》가
읽고 싶어졌다.

김한민 작가님의 《아무튼, 비건》이후
오랜만에 읽은 '아무튼' 시리즈.

완독하고 요조 님의 팬이 됐다.

이 사람··· 짠이다.

진짜 떡볶이 왕덕후야!

책과 떡볶이를 향한 사랑이
느껴지는 문장들을 읽다 보니

요조 님과
떡볶이 한 접시 하고 싶어졌다.

그리고 그것이 실제로 일어났습니다···!

요조 님! 저희 집에 떡볶이 드시러 오시고
싸인도 해주세요! 저희 집 주소는요···
(구구절절).

너무 좋습니다.

진짜요···?

떡볶이 만들어 드리고 싶다고
인스타그램 DM으로 날린 초대에 응해주셨다.

마라 크림 떡볶이를 만들었지만

떨려서 맛은 기억나지 않습니다.

그 후, 너무나 먼 진주로
이사 오게 되면서

다시 만날 거란 기대는
비우고 있었는데

3년 뒤, 요조 님이
북토크를 하러 진주에 왔다.

고요한 육체 속
날뛰는 정신.

느리지만 헤매지 않는 화법.

요조 님의 이야기는 출발지부터 도착지까지
미리 포물선을 그려 놓은 것처럼 매끄럽다.

우리를 안 잡아먹다니 기특해라!

북토크를 마치고 함께할
식사 메뉴를 고민 중이던 그때,

질의응답 시간 덕분에 요조 님 입맛을 알게 됐다.

 나이스 질문!

마침 친구가 나눠준
비건 김치가 잔뜩 있어

비건 친구
비트

김치 칼제비를 한 솥 끓였다.

요조 님과 마주 앉아 먹으며 멋대로 생각했다.

다음 만남이 언제가 될지 모르지만

운명이 이끄는 대로 또 만나요.

3부

모두가 환대받는 식탁

사랑받는 동물, 사료 되는 동물

오늘의 밥상

비건 앙버터

나의 삶은 얼마나 쉬운가요. 달콤함을 포기하지 않아도
엄마 소와 아기 소를 죽이는 산업에 반대할 수 있습니다.

"곧 마감이라 그냥 드세요."

다정한 사장님이 서비스로 내어준 시나몬 롤을 거절하지 못하고 앙, 물었습니다. 함께 있던 논비건 친구는 맛있다며 감탄했습니다.

한입 베어 문 순간 입안 가득 비릿한 우유 향이, 코팅된 계란물이 찌릿하게 퍼집니다. 최대한 맛이 닿지 않도록 크게 꿀꺽 삼켰습니다. 카페 밖으로 사뿐사뿐 걸어오는 고양이가 보입니다. 가게 앞에 놓인 사료를, 농장 동물들을 갈아 만들었을 사료를 아작아작 먹습니다. 인간만의 규칙으로 돌아가는 세상에서 어떤 동물은 사랑받고 어떤 동물은 사료가 됩니다.

길 위의 고양이를 챙겨주는 마음과 서비스로 시나몬 롤을 내어주는 마음, 적당한 온도가 느껴지는 다정함과 친절이 너무 고맙고 좋습니다. 정말 좋은데….

'죄송해요. 저는 이제 동물을 착취한 맛과 향을 즐기지 못하겠어요.'

고맙고 미안해서 기쁘고 슬퍼지는 마음을 커피와 함께 삼킵니다.

'비참한 존재는 내가 아니라 무감각하게 길러지는 동물들이지. 물건처럼 태어나고 물건처럼 살해되는 동물들이 비참하지, 내가 아니라 동물들이. 그런데 왜 내가 괜찮지 않지.'

친구에게 시나몬 롤을 다 먹어달라고 부탁했습니다. 따뜻한 진심을 환대할 수 없는 마음을 품고 사는 일이 조금은 고독하게 느껴졌습니다. 빵 한 조각에 복잡해지는 나약한 마음을 옷 아래 감추고 집으로 돌아와 버터맛을 헹궈냅니다. 그래도 마음에 남은 찝찝한 기운은 사라지지 않습니다.

버터는 12~15개월마다 출산을 반복하는 소의 젖으로 만듭니다. 소도 엄마가 되어야 젖이 나옵니다. 다만 자신의 아이가 아닌 다른 동물에게 젖을 먹입니다. 그 동물은 아이부터 어른까지 남의 젖을 먹는 유일한 종, 인간입니다. 젖을 먹어야 할 아기 수송아지는 초유를 먹을 수 있는 5일 정도의 시기가 지나면 엄마 구경도 못합니다. 출산한 지 얼마 안 된 엄마는 아기를 빼앗깁니다.

아기를 빼앗긴 엄마는 300일 동안 '우유를 생산'합니다.

출산을 위해 젖을 짜지 않는 2~3개월의 건유기를 빼면 매일을 착유당합니다. 질병 치료 비용보다 도축이 더 경제적일 때 '우유 생산'을 멈춥니다. 서너 번의 출산 주기를 겪으면 고기로 죽습니다. 강제로 이별당한 아기는 아이로 자라지 못하고 고기가 됩니다.

호르몬의 장난으로 달콤한 맛이 당길 때 소의 비극이 들어가지 않은 비건 버터로 앙버터를 만듭니다(식물성 버터를 마가린이라고 부르지만, 팜유가 잔뜩 들어간 특정 제품이 떠오르기 때문에 비건 버터라는 단어를 선호합니다). 생김새도 맛도 비슷한데 해로운 것만 쏙 빠져 있습니다. 윤리적인 관점과 환경에 미치는 영향 등을 고려했을 때 훨씬 무해하고 즐거운 선택지입니다.

달콤한 팥 앙금 위에 커다란 버터 조각을 겹쳐 놓은 단짠의 상징, 앙버터. 구운 바게트 사이에 팥빙수용 팥과 비건 버터를 끼워 먹습니다. 씹을 때마다 고소한 바게트 사이로 짭짤하고 기름진 비건 버터와 동글동글한 팥이 쏟아져 나옵니다. 나의 삶은 얼마나 쉬운가요. 달콤함을 포기하지 않아도 엄마 소와 아기 소를 먹이로 죽이는 산업에 반대할 수 있습니다.

인간의 아기는 지구에서 가장 사랑받는 동물입니다. 대한민국은 가장 아름다운 계절의 시작에 어린이날이 있습니다. 5월마다 아이에게 '좋은 추억'이 되길 바라며 찾은 사람들로 전국 동물원과 수족관이 붐빕니다. 죽은 동물이 들어간 음식을 맛있게 먹고, 살아 있는 동물을 보여주고 만지는 체험을 하며 '생태와 교감'한다고 착각합니다. 모든 경험을 제공받는 인간 아이와 모든 본능이 제한되는 비인간 아이가 동물들의 감옥에서 마주합니다.

고등학생 때부터 최소 한 달에 한 번, 기숙사가 있는 경기도에서 본가가 있는 경남까지 장거리 버스 이동을 했던 저는 종종 고속도로 위에서 어떤 트럭들을 마주쳤습니다. 그 트럭은 버스만큼이나 크고 높았습니다. 창을 사이에 두고 트럭에 실린 눈들과 마주쳤습니다. 사람이 아닌 소의 눈, 돼지의 눈. 그들은 생명이 아닌 것처럼 꾸역꾸역 실려 있었습니다.

'동물들은 멀미를 안 하나? 왜 저렇게 싣고 가지? 엄청 불편해 보이는데…'

열일곱 살 나의 사고는 여기까지였습니다. 당시에는 몰랐지만, 내가 본 돼지들도 엄마와 이별한 아기 돼지들이었습니다. 몸무게로 값을 받다 보니 오래 살려둬봐야 비용만 많이 들기 때문입니다. 9년에서 15년 정도 살 수 있는 돼지들은 약 120킬로그램이 되는 생후 6개월 무렵에 도축장으로 보내집니다.

이제야 과거의 장면을 마주하며 말합니다. '너희들은 죽으러 가는구나…' 모든 것을 보진 못했지만 육식을 끊기에는 충분한 것을 보았습니다.

동물을 포함한 자연을 착취하는 모든 산업이 '돈'을 위해서는 학대·살상을 허용한다는 메시지를 줍니다. 개인 역시 동물 학대가 옳지 않다는 공동의 합의와 정서가 있음에도 불구하고 어떤 동물 학대를 구매합니다. 강자의 이익을 위해 폭력을 눈감는 사회에서 생명은 숫자가 되고 세상은 하나의 거대한 시장이 됩니다. 인간은 돈을 나르는 역할로서 존재합니다. 돈 없이, 착취 없이 평등하게 사랑하고 사랑받는 방법을 잊어갑니다.

비건 앙버터

미니 바게트를 반으로 가릅니다.

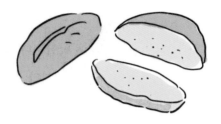

팥빙수용 팥과 비건 버터를
원하는 만큼 끼워 넣습니다.

바게트가 없다면,
바삭하게 구운 비건 식빵을 사용해도 근사합니다.

완성된 비건 앙버터를
한입 가득 베어 뭅니다.

열정의 온도

콩나물국밥

콩나물국밥만큼은 비건 버전이 훨씬 맛있다고,
동네방네 알리고픈 열정이 샘솟습니다.
열정으로 끓인 깊고 시원한 국물 덕분일까요?

몇 년 전, 강원도 밤하늘 아래 따끈한 찜질방에서 운명에 대한 대화를 나눴습니다. 'horoscopes'라는 단어가 들어가는 웹사이트에 생년월일을 입력하면 천궁도가 나옵니다. 무리 중 하나가 실뜨개처럼 얽힌 천궁도의 비밀을 하나하나 풀어주기 시작합니다. 네, 점성술입니다.

동물권 단체 '동물해방물결'의 식목일 워크숍에 끼고 싶어 인제까지 달려갔습니다. 낮에는 나무를 심고 밤에는 자유 시간을 가졌습니다. 숙소 1층에 조금 컴컴하고 작은 찜질방 여러 개가 있었습니다. 습한 온기가 올라오는 네모난 공간에서 우리는 마피아 게임을 하는 집단과 별자리로 운명을 점치는 집단, 이렇게 둘로 나뉘었습니다. 저는 이성적이고 합리적인 판단으로 당연히 점성술을 택했습니다.

마침내, 생일과 태어난 도시를 입력합니다. 대기시간 동안 벌써 용하다고 소문이 났습니다. 점성술사의 해석이 시작됩니다. 무의식과 페르소나 등을 나타내는 3개의 별자리, 살아가며 지나게 되는 12하우스…. 그중 '환생'에 대한 이야기가 가장 기억에 남는데, 우리 점성술사님의 말씀에 따르면 저는 윤회를 제법 많이 반복한 사람으로, 세상을 여러 번 겪어 호기심이 적고 감흥이 없다고 합니다.

"와! 맞는 것 같아요!"

세뇌된 신자처럼 박수를 치고 고개를 끄덕였습니다.

대여섯 살 무렵이었을까요. 부엌 바닥을 굴러다니는 박카스병이 신기해서 깨질 때까지 떨어트리는 실험을 했다가 호되게 혼난 기억이 스치긴 했습니다만, 처벌에 대한 공포 때문에 호기심을 억제했다는 쪽보다는 여러 번 환생한 사람이라는 쪽이 더 재밌지 않습니까? 확실히 저는 만사에 심드렁한 편이었습니다.

덤덤하고 잔잔하던 마음에 파도가 치기 시작한 때는 비건을 해야겠다고 마음 먹은 시점부터입니다. 남은 생에 의욕을 느끼는 날이 올까 싶던 제가 타오르는 촛불처럼 변했습니다. 그마저도 뜨거운 열정이라기보다 미지근한 몰입, 은연한 반복에 가까웠지만요.

모두에게 익숙한 음식을 비건으로 만들어 소개할 때, 열정 비슷한 감정을 느낍니다. 떡볶이나 비빔밥처럼 습관적으로 동물성을 넣게 되는 메뉴들을 식물성으로 만들어 먹으면 오히려 더 맛있다고 동네방네 알리고픈 욕구가 온몸을 돌아다닙니다.

한때 육수를 즐기던 걸쭉한 입맛의 소유자로서, 전골·찌개·탕·국밥을 자주 만들어 먹습니다. 동물 없이 끓여도 깊고 시원한 국물 맛이 납니다. 다른 건 몰라도 콩나물국밥만큼은 비건 버전이 훨씬 맛있다고 자부합니다.

레시피가 단순한 대신 뚝배기를 사용한다는 원칙을 지킵니다. 조선간장과 소금으로 짠맛을 냅니다. 달걀 아닌 순두부를 넣습니다. 국물에 버섯, 양파 등으로 만든 채식 조미료를 넣고 끓이면 암만 요리 감각이 떨어지는 사람이라도 맛집 주방장으로 변신할 수 있습니다. 국물이 바라락 끓어 오르면 밥 한 공기를 넣고 손질한 콩나물을 가득 올립니다. 30초에서 1분 정도 끓인 다음 고춧가루를 입맛대로 한 숟갈 뿌려줍니다. 구운 김을 잘라 한쪽에 가득 올립니다.

오늘 새로 태어난 사람처럼 한 입마다 감탄하며 먹습니다. 뜨끈한 콩나물국밥을 비우느라 콧등에 땀이 맺힙니다. 내가 이렇게 뜨거운 사람이었다니요.

콩나물국밥

콩나물을 깨끗하게 씻습니다.

뚝배기에 물을 붓고

간장과 소금으로
간을 맞춰 끓여요.

채수가 끓어오르면
콩나물, 순두부, 밥을 넣고
끓여주세요.

채수가 없을 경우 무, 마른 표고버섯, 다시마 등
자투리 채소를 넣어 국물을 내주면 됩니다.

참기름, 다진 땡초, 고춧가루, 김 등을
입맛에 맞게 넣어 먹습니다.

지구에서 가장 성공한 종

오늘의 밥상

비건 콘 토스트

우유 없이 만들어진 식빵이 달걀옷 대신 밀가루옷을 입습니다.
제가 동물 가죽이나 털을 입지 않듯이요.

대부분 원물을 좋아하지만 옥수수만큼은 희한하게 통조림이 맛있습니다. 건강 때문에 자제하려는 편임에도 1년에 2캔 정도는 먹게 됩니다. 한살림을 이용하며 병조림으로 나온 옥수수를 알게 된 뒤로는 옥수수 병조림을 애용하고 있어요. 유리병에 들어 있어 더 위생적이고 GMO가 아닌 국산 옥수수를 사용해서 걱정 없이 먹을 수 있습니다.

병조림(혹은 통조림) 옥수수, 쪽파. 이 두 가지를 올려 식물성 프렌치토스트를 굽습니다. 밀가루 혹은 튀김가루에 두유를 섞어 반죽을 만듭니다. 두유 대신 오트 밀크를 사용해도 좋아요. 우유가 들어가지 않은 식빵이 달걀옷 대신 밀가루옷을 입습니다. 제가 동물 가죽이나 털이 아닌 면으로 된 옷을 입듯이요.

비건 식빵 양면에 반죽을 골고루 묻힌 다음 한쪽 면에 옥수수를 가득 올립니다. 옥수수는 체에 걸러 한 번 헹군 다음 물기를 쫙 빼줍니다. 쫑쫑 썬 쪽파를 군데군데 올려줍니다. 노오란 옥수수 사이마다 작은 초록이 조각조각 올라간 모습이 동화 속 풀밭처럼 보입니다. 뜨거운 팬에 식물성 버터를 녹인 후 식빵을 올려 굽습니다. 옥수수가 올라간

면을 바닥에 두고 구울 때는 옥수수가 빵에 잘 붙도록 꾹 꾹 눌러가며 구워줍니다. 고소한 냄새를 풍기는 토스트 위에 소금과 후추를 살짝 뿌려줍니다.

노릇한 콘 토스트 두 조각을 나무 접시에 담았습니다. 알싸한 파와 알알이 터지는 고소한 옥수수를 씹을수록 짭짤한 기름기가 즙처럼 퍼집니다. 기분 좋은 기름기입니다. 토스트 위에 달콤한 메이플 시럽을 뿌려 먹어도 좋습니다. 강렬한 단짠이 입안에 쫙 스며듭니다.

진화적 관점으로 보자면 옥수수는 지구에서 가장 성공한 종이라고 볼 수 있습니다. 사람을 이용해 가장 많은 개체, 유전자를 남기고 있으니까요. 옥수수는 한해살이풀로, 전 세계에서 가장 많이 생산되고 있습니다. 국내에서 유통되는 유전자 변형 생물체 중 가장 많이 수입되는 식품이기도 합니다. 2022년 기준, 전체 식품용·사료용 유전자 변형 생물체 작물의 수입 승인량 중 89.4퍼센트를 차지합니다. 동물의 사료로 더 많이 사용됩니다.

옥수수가 가장 많이 생산되고 소비되는 미국 기준으로 옥수수 생산량의 거의 40퍼센트가 동물 사료용입니다. 소에게 풀이 아닌 옥수수를 먹이면 성장 속도가 2배 이상 빨라지고 포화지방도 10배 이상 늘어납니다. 미국에서 자란 소들은 대부분 옥수수를 먹습니다.

동물성 식품의 수요 증가는 옥수수 같은 곡물의 수요를 증가시킵니다. 평생 옥수수를 먹은 적이 없더라도 고기를 먹었다면 옥수수 소비에 일조한 셈입니다. 쇠고기, 돼지고기, 닭고기 1킬로그램을 생산하기 위해서 각각 7킬로그램, 3.5킬로그램, 2킬로그램의 옥수수를 포함한 곡물이 쓰이거든요. 1킬로그램의 고기로는 서너 사람의 허기를 몇 시간 동안 달래는 수준이지만 7킬로그램의 곡물은 13명의 허기를 거의 하루 종일 채울 수 있습니다.

인류는 직접 옥수수를 배불리 먹기보다 동화 '헨젤과 그레텔'에 나오는 마녀처럼 농장 동물들을 살찌운 뒤 잡아먹기를 택했습니다. 마녀는 아이들을 살찌울 만큼 충분한 음식이 있으면서 굳이 아이들을 잡아먹으려고 했다가 변을 당했습니다. 모든 인류를 배불리 먹일 만큼의 식량을 생산하면서 수많은 동물들을 가둬놓고 죽이는 우리 모습과 비슷하지 않은가요?

비건콘토스트

두유 등 식물성 밀크에
밀가루를 풀고

식빵 양면을
적셔줍니다.

옥수수
병조림

옥수수와 쪽파를
취향껏 올리고

올리브유나 비건 버터에
노릇노릇 구워주세요.

소금, 후추 살짝
뿌려줘도 굿!

접시에 담아
짭짤 고소한 콘 토스트를 맛있게 먹습니다.

새해를 맞이하며

유부 부추 국수

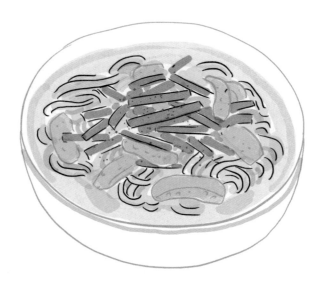

맑고 깊은 채수에 미끈한 당면, 유부의 쫄깃함이 조화롭습니다.
씹는 재미가 있는 국수입니다.

새 마음으로 맞이하기 어려운 새해입니다. 2023년은 2016년을 제치고 지구가 가장 뜨거웠던 해로 기록됐습니다. 독일 포츠담기후영향연구소와 영국 기상청에 따르면 2024년은 역사상 가장 뜨거운 해가 될 전망입니다.

새해 첫날부터 일본 이시카와현에서 규모 7.6의 지진이 발생했습니다. 2022년 11월 개봉한 애니메이션 〈스즈메의 문단속〉에 나오는 재앙신 '미미즈'처럼, 자연은 어떤 의도나 이유 없이 '그냥' 재앙을 일으킵니다만, 인간의 활동이 지구의 화학·물리적 체계를 바꾸면서 천재지변은 그저 우연히 벌어지는 불행이 아니게 되었습니다. 극단적인 기상 현상이 반복되면 지각 판의 압력이 변하는 데에 영향을 미칠 수 있으며 빙하가 녹아 해수면이 상승할 경우 늘어나는 물의 무게로 인해 지진에 더 취약해진다고 합니다. 기후 재난과 인간 사이에 무시할 수 없는 인과가 생겨버렸습니다. 왜 인류는 자연을 정복의 대상으로 삼으며 불행을 자초할까요?

점점 따뜻해지는 겨울, 맨발로 슬리퍼를 신고 외투 없이 산책을 하면서도 우리는 당장의 위험이 아니라면 위기를 잘 감지하지 못합니다. 가족이 모두 모인 2024년 첫 끼는 야

외 바비큐였습니다. 1월인데도 별로 춥지 않았습니다. 가족들은 얇은 외투를 입고 삼겹살을 구웠습니다. 제가 먹을 만한 음식은 거의 없었습니다. 조금 식은 밥에 구운 양송이버섯을 올려 먹었습니다. 함께하는 시간 자체는 소중했지만, 얼른 나의 식탁으로 돌아가고 싶다는 마음도 있었습니다.

자아가 강한 사람은 다른 사람을 다치게 한다는 문장을 읽었습니다. 저는 '자아가 강한 사람'이 따로 있지 않다고 생각합니다. 모두가 서로를 다치게 합니다. 모두에게 자아가 강해지는 시기와 강한 부분이 있을 뿐입니다.

자아는 양념 같습니다. 강한 양념은 온몸에 빠르게 퍼집니다. 매운지 짭짤한지 달콤한지, 내가 누구인지 첫입에 알려줍니다. 혀끝에서 뒤통수까지 퍼지는 짜릿함으로 감각을 둔하게 만듭니다. 중독적인 조합이 만들어내는 강렬한 맛이 흙에서 난 음식과 내장에서 난 음식의 차이를 가리고 치아와 입천장을 즐겁게 속입니다. 과잉 자극의 시대에 강한 양념을 사용하지 않으면 도태될지도 모른다는 불안감이 듭니다. 그럼에도 자꾸만 덜어내고 싶습니다. 가려지지 않은 존재의 본질을 식탁에 올려두고 싶습니다.

동물의 신체는 입장 금지인 나의 부엌. 큼지막한 냄비에 물부터 끓입니다. 어묵탕에 들어 있는 유부주머니를 무척 좋아했는데 지금은 어묵탕을 먹지 않으니 유부주머니와 비슷한 식감과 맛을 내는 요리를 해 먹습니다. 유부와 당면을 활용한 유부 부추 국수입니다. 양념된 부추가 뜨끈한 국수를 만나 살짝 부드러워지고 특유의 향과 감칠맛을 뿜어냅니다. 맑고 깊은 채수에 미끈한 당면, 유부의 쫄깃함의 조화가 유부주머니 못지않습니다. 씹는 재미가 있는 국수입니다.

유부주머니를 만들 엄두가 안 나서 만들어봤는데 꽤 만족스럽습니다. 손이 별로 가지 않으면서 완성도 있는 맛이 납니다. 밀가루를 못 먹는 사람도 즐길 수 있고요. 조금의 변화로 나의 부엌, 나의 식탁에서는 더 많은 존재들이 함께 맛있는 음식을 나누어먹을 수 있습니다.

유부 부추 국수 향이 향긋하게 퍼져 공기를 덥힙니다. 속임수 없는 채식이 이렇게 맛있다는 걸 알면 적어도 하루에 한 끼 정도는 식물성으로 먹지 않을까. 기후 변화라는 거대한 폭풍에 훅 하고 꺼질 듯한 희망이라는 촛불. 끼니마다 불을 붙이며 희미한 힘을 내봅니다.

유부부추국수

큰 냄비에 무를 가득 넣어
채수를 끓이고 간장과 소금으로
간을 맞춰요.

무가 반쯤 익었을 때
자른 당면을 넣어주세요.

당면이 익는 동안 부추를
잘게 잘라 양념에 무칩니다.

유부는 끓는 물에 데쳐 기름기를 뺀 다음
채썰어 넣어주세요.

새콤한 부추와
쫄깃한 유부와 당면은
최고의 조합!

잘 익은 당면국수 위에
부추무침을 올려 먹어요.

다양성의 아름다움

토마토 알리오 올리오

토마토의 종류가 2만 5000가지가 넘는다는 것, 알고 있었나요?
다양한 토마토 각각의 맛과 식감을 살려 오일 파스타를 만들기로 합니다.

유전자 조작으로 품종개량을 하지 않은 에어룸 heirloom 토마토를 구매했습니다. 택배 상자를 뜯어 알록달록한 토마토를 나무 도마 위에 가득 올려놓습니다. 매끈한 색색의 보석처럼 보여 마음이 부풉니다. 토마토 보석함을 구경해볼까요? 깊은 주름이 있어 울퉁불퉁한 퍼플 깔라바시, 녹색의 수직무늬가 애호박 껍질을 닮은 그린 지브라, 짙은 색을 가진 방울토마토인 퍼플 슈가, 황금빛을 띄는 골든 주빌리, 노랗고 길쭉한 바나나 레그….

각각의 맛을 살리고 싶어서 토마토를 잘라 넣은 오일 파스타를 만들기로 합니다. 갈아서 소스로 만들기엔 열매 하나하나가 귀하게 느껴졌습니다. 모두가 비슷하게 생긴 빨간 토마토를 블렌더로 으깰 땐 느끼지 못했던 감정입니다.

토마토의 종류는 2만 5000가지가 넘습니다. 그만큼 자연의 토마토는 색도 모양도 가지각색이만, 생산성이 좋고 유통하기 쉽게 개량된 소수의 토마토만 길러지고 팔립니다. 다양성은 시장 논리에 패배했습니다. 어느 도시를 가도 비슷한 간판과 자동차를 마주할 수 있듯, 어느 마트를 가도 같은 모양의 토마토를 만날 수 있다는 점이 서늘하게 느껴집니다.

생물은 무생물처럼 복제되고 무생물은 생물처럼 번식합니다. 획일화된 '상품'만 살아남아 유통됩니다. 건강한 생태계를 유지하려면 다양한 생물종이 필수적입니다. 시장 또한 다양한 상품이 존재해야 건강할 텐데, 지구인들은 스타벅스를 마시며 아이폰을 쓰고 나이키 운동화를 신은 채로 빨간 동그라미 토마토를 먹습니다.

매일 똑같은 음식만 먹으면 병이 납니다. 매일 똑같이 보거나, 말하거나, 느껴도 마찬가지로 병이 듭니다. 세대가 지날수록 사라지는 사투리, 프랜차이즈에 밀려나는 골목가게들, 인공물이 만들어내는 비슷한 풍경…. 그 속에 갇혀 사는 우리는 유전자 다양성이 사라진 품종처럼 낯선 자극에 취약해집니다. 표준화와 획일화는 편리하지만, 모든 고유함을 멸종시킵니다.

지글지글 마늘이 튀겨지는 올리브오일에 삶은 스파게티를 잘라둔 에어룸 토마토와 함께 넣고 볶습니다. 싱그러운 토마토 향이 가득한 토마토 알리오 올리오! 적적할 산미와 과일 향, 새콤한 맛이 여러 색깔의 토마토처럼 한데 뒤섞여 아름다운 조화를 이룹니다. 부드럽게 익은 토마토에서 각기 다른 식감과 향기가 뿜어져 나옵니다. 다양성의 아름다움을 뽐내는 무지개색 토마토 파스타를 내 몸 구석구석 보냅니다.

사람이 많이 살지 않아 온갖 새소리를 들을 수 있는 바닷가 마을, 부모님 댁 근처에 신라호텔이 들어온다는 이야기를 들었습니다. 함께 기뻐하지 못했습니다. 거대한 자본은 마치 살아 있는 세포처럼 빠른 속도로 자신의 복제품을 퍼트립니다. 수국이 가득 핀 마당에 앉아 바람에 흔들리는 잎사귀들의 소리를 들으며 산등성이를 넘는 작은 조각구름을 바라보았습니다. 어쩔 줄 모르는 기분으로 아이폰을 만지작거립니다. 신발은 당연히 나이키고요.

토마토 알리오 올리오

알록달록한 토마토를
먹기 좋은 크기로 자릅니다.

올리브유에 편 마늘과 다진 마늘을
볶다가 손질한 토마토를 넣습니다.

모든 토마토를 넣진 마세요!
몇 개는 식감을 위해
마지막에 넣을 거예요.

토마토가 부드러워지면
삶은 스파게티와
면수를 넣고 볶습니다.

식감을 위해 빼뒀던 토마토를 다 넣고
휘리릭 볶다가 불을 꺼주세요.

소금과 파슬리로 마무리합니다.

소풍 가기 좋은 봄

오늘의 밥상

쑥 토스트

제철인 쑥을 올려 토스트로 구웠습니다.
식혀서 먹으면 더 맛있기 때문에 소풍 가기 좋은 봄, 도시락 메뉴로 딱입니다.

실내에서만 사는 식물들도 계절의 변화를 압니다. 비슷한 온도를 유지하는 실내에서 겨우내 멈춰 있던 식물들이 창밖의 봄을 보기라도 한 듯 부지런히 싹을 피웁니다. 아스파라거스는 내 키를 넘어섰고 테이블야자는 새로운 잎을 초록 날개처럼 대칭으로 펼칩니다. 고요한 식물의 성장에서 동물 못지 않은 역동적인 생명력이 느껴집니다. 눈, 코, 입도 없이 계절을 알아차리는 식물들은 얼굴을 가진 동물들과 얼마나 다르고 얼마나 같을까요?

며칠 전 유튜브에서 칼을 휘두르는 식물을 봤습니다. 잎을 찢은 참가자가 입장하자 식물의 전기 신호를 감지하는 로봇 팔이 칼을 쥔 채로 격하게 움직였습니다. 마치 자신을 공격한 사람을 기억하고 있다가 다가오지 못하게 칼을 휘두르는 것처럼 보였습니다. 이 영상은 200만이 넘는 조회수를 기록하며 화제가 되었습니다.

다른 변수를 통제한 상황에서 진행한 실험이 아니기에 정확하다고 볼 순 없지만, '기억'이나 '고통'처럼 동물만 가지고 있다고 믿었던 특성들이 식물에게도 존재할 가능성을 유의미하게 보여주었습니다. 영상 아래에는 '이제 비건들 큰일났다'는 식의 댓글이 달렸습니다.

'왜 큰일이지? 비건들이 식물을 죽이자는 캠페인을 하는 것도 아닌데…'

비거니즘은 동물을 학대·착취·살상하는 산업에 반대하는 일종의 불매 운동이지, 생존을 위해 생명을 취해야만 하는 동물의 숙명인 섭식의 원리를 부정하는 종교가 아닙니다. 100퍼센트 비건이 되는 일이 불가능하다는 점은 직접 행동하는 이들이 누구보다 잘 알고 있습니다. 자연은 인간의 관념처럼 완벽히 나뉘지 않습니다. 동물도 식물도 아닌 생물이 엄연히 존재하죠. 비건은 채식-육식, 동물-식물, 비건-논비건, 인간-자연 등 이분법적으로 구분하는 사고로 접근하면 본질과 멀어집니다.

비건은 오히려 고립에서 연결로 확장되는 경로 중 하나임을 이해해야 합니다. 오직 나쁜인 삶을 벗어나 다른 존재와 연대하는 삶으로 향하는 수많은 길이 있습니다. 누군가는 자식을 통해 아이의 삶과 연결되고, 누군가는 노동을 하며 다른 노동자의 삶과 연결됩니다. 모든 연결은 고통을 타자화하지 않고 적극적으로 반응하는 능력입니다.

20대 중반에 동생이 데려온 유기견을 함께 돌보며 동물과 첫 교감을 했습니다. 난생처음 개의 사랑스러움을 알아버린 저는 진심으로 '개를 먹으면 안 되는 근거'를 찾고 싶어졌습니다. 다른 동물을 먹으면서 개고기를 반대할 수 있는 근거. 그러니까 나는 지금처럼 치킨도 시켜먹고 삼겹살도 구워먹을 거지만 개고기는 아무도 못 먹게 할 수 있는 빈틈없는 논리를 찾고 싶었습니다. 그럴싸한 여러 의견들을 읽어봤지만 스스로 납득할 만한 이유는 단 하나도 없었기 때문에 언젠가는 채식주의자가 되어야겠다고 막연하게 생각했습니다. 의식 한편에 자리잡은 이 씨앗은 조금씩 뿌리를 내리더니 결국 수년이 흘러 비건으로 발현되고야 말았습니다.

처음 비건을 결심했을 때, 매트릭스에서 깨어나는 빨간 약을 먹은 네오가 된 것 같았습니다. 돌아올 수 없는 강을 건넌 자의 심정이었어요. 어제까지 간식이었던 햄 조각이 오늘은 끔찍한 범죄의 증거로 보였습니다. 먹자 골목이 이상한 나라로 보이는 토끼 굴에 빠진 것 같았습니다. 나는 고독한 앨리스가 되기로 합니다. 비건은 비인간 동물을 통해 동물의 삶과 연결됩니다. 인간 중심적 사고에서 벗어나, 매트릭스처럼 퍼져 있는 종 차별주의를 알아차리고 반대합니다.

그러나 이분법적으로 생각해봐도, 육식이 채식보다 더 많은 식물을 죽이는 식단이라는 사실은 변하지 않습니다. 아마존의 70퍼센트 이상이 축산업으로 인해 벌목되었습니다. 온실가스의 주범이기도 한 고기와 유제품은 생산되기 위해 전 세계 농지의 83퍼센트를 차지하지만 18퍼센트의 칼로리밖에 제공하지 못합니다. 같은 칼로리를 섭취한다고 가정했을 때, 채소를 하나도 먹지 않고 육식만 하더라도 비건으로 먹을 때보다 더 많은 식물을 해치게 됩니다. 고기 대신 제철 채소와 과일을 '직접' 먹으면 동물뿐만 아니라 더 많은 식물도 살릴 수 있습니다.

바다가 보이는 절벽 위에 자리한 남해 보리암에서, 차를 주차장에 세워두고 직접 구운 쑥 토스트를 꺼내 먹습니다. 식빵 한쪽 면에 찹쌀 반죽을 바르고 그 위에 잘게 자른 쑥을 붙입니다. 찹쌀 반죽은 찹쌀가루에 약간의 소금과 넉넉한 물을 넣고 섞어주면 됩니다. 뜨거운 기름에 쑥을 붙인

면부터 닿도록 올립니다. 차사삭, 경쾌한 소리를 내며 기름이 튑니다. 찹쌀 반죽이 바삭해질 때까지 굽습니다. 노릇하게 구워진 토스트 위에 순후추를 뿌리면 완성입니다. 기름기를 머금은 고소한 찹쌀 반죽 위에 톡톡 뿌린 후추가 매콤한 감칠맛을 더합니다. 식혀서 먹으면 쑥향이 올라와 더 맛있기 때문에 소풍 가기 좋은 봄, 도시락 메뉴로 딱입니다.

4월에 피던 벚꽃이 올해는 3월에 피었습니다. 인간의 관점에선 해가 흐를수록 개화 시기를 예측하기 어려워지고 있습니다만, 꽃들은 소리내지 않고 약속을 나눈 듯 한꺼번에 피고 졌습니다. 솜털처럼 자라난 잎들이 연두색에서 초록색으로 바뀌는 중입니다. 뜨거워지는 지구에서 인간만이 자신이 필 때와 질 때를 알지 못하고 중독과 무기력의 굴레에 빠져 일생을 시달리는 존재가 아닌가 하는 생각이 듭니다.

쑥 토스트

쑥을 잘 씻어서
먹기 편하게 자르고

칼이나 가위로
잘게 썰어주세요!

소금은 조금만!
(작은 한 스푼)

찹쌀가루에 소금, 물을 풀어
반죽을 만들어주세요.

버터나 우유가 들어가지 않은
비건 식빵 한쪽 면에
찹쌀반죽을 묻히고 쑥을 붙여서

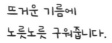

뜨거운 기름에
노릇노릇 구워줍니다.

완성된 토스트 위에 후추를 톡톡
뿌려 먹기 좋게 4등분하면

간단하게 완성되는 쑥스러운 토스트!

살짝 식히고 나서 먹으면 더 맛있답니다!

돼지는 제철이 없다

달래장과 도토리묵 무침

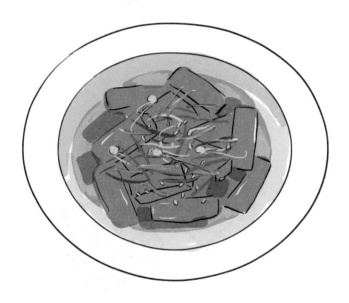

사람들의 식탁 위에서 제철이 존재하지 않는 음식들이 사라지면 좋겠습니다.
제철을 맞은 달래를 가득 넣어, 향긋한 달래장을 만들어봅니다.

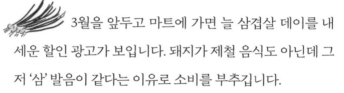 3월을 앞두고 마트에 가면 늘 삼겹살 데이를 내세운 할인 광고가 보입니다. 돼지가 제철 음식도 아닌데 그저 '삼' 발음이 같다는 이유로 소비를 부추깁니다.

무게로 따졌을 때 대한민국에서 가장 많이 소비되는 육류는 돼지입니다(목숨 수로 따지면 닭이 가장 많이 죽습니다). 2023년, 한국인은 1인당 30킬로그램이 넘는 돼지의 신체를 먹었습니다. 국가별 소비량으로 따져도 중국, 베트남 등과 근소한 차이로 1, 2위를 다투는 돼지고기 과잉 소비국입니다. 붉은 육류를 과하게 섭취하면 대장, 직장암의 위험이 증가합니다. 2016년, 한국인의 대장암 사망률이 위암을 넘어선 주요 원인으로 동물성 지방 섭취 늘어난 식습관이 꼽혔습니다. 삼겹살 데이는 무책임하게 국민 건강을 위협하는 프로모션입니다.

삼겹살이 마냥 즐겁고 맛있는, 인간에게 이득만 주는 존재처럼 포장되어 팔리는 현장을 무력하게 목격하고 있으면, 붉은 육류가 암 발생률을 높인다는 사실 외에도 한국에서만 대략적으로 매월 150만 명의 돼지가 도살당한다는 끔찍한 진실이 허황된 음모론처럼 느껴집니다. 그 많은 돼지가 강제로 태어나 고기로 죽기까지, 언제든 실체를 확인할 수 있는 이 모든 악영향들이 마치 없는 일처럼 지워지고 있습니다.

보기 싫으면 보지 마세요. 모르는 척 눈을 감으세요. 마케팅은 하늘을 가리는 모양입니다. 외면하고자 눈을 감으면 광활한 하늘과 모든 별들이 우리에게 도달하지 못하고 어둠 속으로 사라집니다. 삼겹살 데이가 삼일절보다 시끄럽게 속삭입니다. 고객님은 좋은 것만 보세요.

돼지는 제철이 없습니다. 6개월 평생을 냄새나는 시멘트 우리에 갇혀 살다 고기가 되기 위해 도살장으로 향할 때, 아주 짧게 계절을 누릴 뿐입니다. 도살장은 주말이나 짧은 휴무를 제외하고 1년 내내 '가동'됩니다. 죽여도 죽여도 계속 '생산'되기 때문에 선조들이 흘린 피보다 훨씬 많은 피가 우리의 몸과 금수강산으로 흘러듭니다.

한번은, 고기로 태어나 죽임당하는 동물의 처지를 더 정확히 알고 싶어 경기도 있는 도살장 앞에 직접 찾아가기도 했습니다. '서울애니멀세이브'라는 단체에서 진행한 비질이라는 활동이었는데, 농장 동물의 마지막을 목격하고 기

억하는 일이었습니다. 그날은 부슬부슬 비가 내려 모든 풍
경이 회색이었습니다. 높은 벽에 가려진 도살장 내부에서
찢어지는 비명소리가 쏟아져 나왔습니다. 활동가들의 안
내를 따르며 트럭 안 돼지들에게 마지막으로 물과 감자, 수
박들을 먹였습니다. 지치고 굶주려서 물을 받아 먹을 힘조
차 없는 돼지들도 많았습니다.

  그때 저는 평생 잊을 수 없는 장면을 보게 됩니다. 죽음
의 문턱에서 아기 돼지 한 명이 비를 느끼고 있었습니다.
철창에 앞발을 걸치고 고개를 젖혀 하늘을 바라보는 표정
이 조금 행복해 보였습니다. 평생을 갇혀 있던 오물에서 처
음으로 벗어나 느끼는 시원한 빗물과 바람을 만끽하는 모
습이었습니다. 그도 어김없이 비명이 쏟아지는 문으로 끌
려갔습니다. 후생이 없기를 간절히 기도하며 눈을 돌렸습
니다. 도살장 바로 근처에서 방금 죽은 돼지와 소의 신체들
이 신선한 식재료로 팔립니다. 동물들은 목격이 허락되지
않는 곳에서 고기가 되어 나왔습니다.

  활동은 다같이 도축장 직판장을 한 바퀴 돌아보는 것으
로 끝납니다. 조용히 바라만 봐야 하고 사진이나 동영상 촬

영을 해선 안 됩니다. 상인들은 걷고 있는 우리들을 향해 들으라는 듯 수군거리며 지나가는 길에 물을 뿌렸습니다. 나는 괜히 잘못한 사람 마냥 뜨끔한 기분이 들었습니다. 이 많은 동물들을 죽이는 것은 합법. 죽이지 말라고 하면 불법. 하얀 냉장 트럭 밖으로 쏟아지던 핏물이 잊혀지지 않습니다. 모든 것들이 비현실적으로 느껴졌습니다.

"인류 역사를 통틀어 전쟁으로 인한 사망자는 6억 1900만 명입니다. 우리는 사흘마다 그만큼의 동물을 죽입니다." 다큐멘터리 〈도미니언〉에 나온 말입니다.

비린내 나는 육류 코너를 못 본 척하며 채소들 앞에 섭니다. 반짝이는 비닐 아래로 봄의 시작을 알리는 달래가 줄지어 서 있습니다. 포장 때문에 쓰이는 비닐이 싫으면서도 멀리 있는 시장이 아닌 가까운 마트의 물건을 집어 듭니다. 이 얇은 플라스틱은 인류보다 많은 계절을 지나겠지요. 지구에 덜 빚지는 방식으로 살아가려 노력하지만, 저 역시 어느 정도 눈을 가리고 삽니다.

매년 봄마다 달래장을 만듭니다. 식초를 넣은 간장에 손질한 달래를 담가 냉장 보관하면 산뜻하면서도 깊은 맛이 납니다. 풀내 나는 재료의 맛과 향을 소생시키는 봄 한정판 양념입니다. 비빔 요리뿐만 아니라 끓이거나 볶는 요리에 넣어도 어울립니다. 넉넉하게 만들어 여름이 오기 전까지 먹습니다.

탱글탱글한 도토리묵을 잘라서 숙성한 달래장에 무칩니다. 조금 떫은 맛이 나는 도토리묵과 달래장이 고소한 참기름을 만나 미끈하게 섞입니다. 뻑뻑한 살점도 아니고 물컹한 비계도 아닌 은근한 쫀득함이 천연덕스럽게 흔들거리며 젓가락을 빠져나갑니다. 숟가락으로 가뿐하게 한 끼를 비워냅니다.

만사지식일완萬事知食一碗. 세상만사의 이치가 밥 한 그릇에 담겨 있다고 했습니다. 우리는 고립된 각자가 아닌 연결된 모두입니다. 매일 먹는 식사에서 생명의 링크를 발견합니다. 순리대로 선택한 음식은 나를 포함한 모두를 잘 살게 합니다. 마트에서 플라스틱이 사라지고 사람들의 식탁 위에서 제철 없는 음식들이 사라지길 바랍니다. 이치에 어긋난 당장의 저렴함과 편리함이 그 무엇보다 비싸고 불편한 대가로 돌아올 테니까요.

달래장과 도토리묵 무침

저는 봄이 오면 달래장을 만들어요.

깨끗하게 씻은 달래를
짧게 쫑쫑 썰어줍니다.

손질한 달래 위에
간장, 식초, 물을 섞어 부어요.

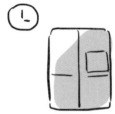

밀페용기에 담아
냉장 보관하며 숙성해줍니다.

도토리묵은
살짝 데쳐서 썰어주세요.

달래장과 참기름, 깨를 더해 무쳐 먹습니다.

나는 물이면 돼

물 안주와 술

"저는 신경쓰지 말고 주문하세요."
술보다 안주를 좋아하던 입에서 술에는 물이 최고라는 말이 나옵니다.

"최고의 안주는 물이죠."

술보다 안주를 좋아하던 입에서 술에는 물이 최고라는 말이 나옵니다.

술집보다는 밥집을, 밥집보다는 찻집을 좋아하지만, 퇴근 이후 저녁에만 해방되는 대부분의 삶에 맞춰 장소를 고르다 보면 결국 술집입니다. 당연히 비건인 줄 알았던 술도 정제 과정에서 생선 부레나 달걀 부산물이 쓰일 수 있다는 사실을 알고 2~3년간은 거의 마시지 않았었지만 지금은 제게도 편한 선택입니다. 동물을 먹지 않는 사람으로서 먹는 자리에 어울리기 위해서는 술자리만 한 게 없는 까닭입니다. 두 손가락으로도 거뜬한 작은 잔을 비우기만 하면 굳이 함께 음식을 먹지 않아도 자연스럽게 섞일 수 있습니다. 밥집에서 밥을 먹지 않으면 불청객이지만 술집에서 안주를 먹지 않으면 오히려 환영받습니다. 돈은 똑같이 냅니다.

"저는 신경 쓰지 말고 주문하세요."

고기도 치즈도 안 먹지만 술과 고기가 오르는 식탁에 끼고 싶어하는 이 채식주의자를 위해 다정한 이들이 과일 안주라도 시켜주려 하면 일단은 거절합니다. 과일이나 견과

류처럼 배부르지 않은 안주는 돈이 아깝다고 여긴 전적이 있기 때문인데요. 저런 가성비 떨어지는 메뉴를 주문하는 사람은 누굴까 궁금했는데 이제 거울을 보면 됩니다. 지금은 과일 안주가 반갑지만 과거의 저처럼 내심 돈 아까워하는 이가 있을까 봐 굳이 시키지 말라는 말을 꼭 하게 됩니다. 채식보다 친환경적이고 윤리적인 식단은 금식이니까, 단식 수행을 한다는 마음으로 물잔을 가득 채웁니다. 모두와 잘 어울리고 싶은 욕심에 나의 신념이 숨바꼭질을 하고 있을 때, 내가 지키고 싶었던 존재들이 기름진 냄새를 풍기며 잡아 먹힙니다.

진주에서는 10월이면 남강유등축제가 열립니다. 강 위에 형형색색의 커다란 유등이 빛을 뿜어내며 떠 있고 강변을 따라 뿔 모양의 지붕을 가진 야시장이 늘어섭니다. 야시장 특유의 북적거림과 활기가 좋아 시간 되는 대로 사람들을 모아 구경 갔습니다. 부침개나 국수처럼 동물을 넣지 않아도 맛있을 요리에 굳이 동물을 잘라 넣는 모습이 보입니다. 다섯이서 국밥, 오뎅탕, 더덕파전을 주문했는데 그나마 동물성이 가장 적게 들어간 더덕파전이 제일 인기가 좋았습니다.

식당에 가서 식물성으로만 조리를 부탁하면, 대부분의 사장님은 기꺼이 채식으로 만들어줍니다. 동물성을 빼면 맛이 없을까 봐 걱정할 뿐입니다. 채식은 이렇게 종종 맛없다는 오해를 받는데, 그 맛이 얼마나 훌륭한지 모두 느껴보면 좋겠습니다. 채식이든 육식이든 제대로 요리하지 않으면 맛이 없는 법입니다. 잘못 만들었을 경우 오히려 동물성 음식이 더 역합니다.

같은 원리로 길거리 음식은 동물을 넣지 않는 게 더 맛있습니다. 위생 관리가 어려운 환경에서 동물성 식품은 그 특유의 냄새를 풍기기 시작합니다. 부패한 듯한 살점 냄새, 은근히 풍기는 피 비린내… 사장도 손님도 누구나 고기를 좋아할 것이라는 착각에 빠져 불필요한 죽음을 조미료처럼 넣습니다. 심지어 채식을 하는 사람들도 같은 착각에 빠집니다. 예를 들면 누군가 나 때문에 고기를 참고 있다고 여기는 마음입니다. 모두가 육식을 욕망한다는 착각이죠. 물론 개인의 탓만은 아닙니다. 이 사회가 끊임없이 그런 메시지를 주입하고 있으니까요. 저는 비건을 결심하기 전부터, 채식하는 친구를 만나면 고기를 안 먹는 것도 좋다고 생각했습니다. 하지만 채식하는 친구는 제가 고기를 참고 있다고 오해하더라고요.

"너희는 나 신경 쓰지 말고 고기 시켜 먹어도 돼."

"아냐. 고기 안 먹고 싶어. 진짜 안 먹고 싶은데…."

모든 사람들이 끼니마다 고기를 고집하진 않습니다. 채식주의자가 아니어도 육식을 즐기지 않는 사람들이 꽤 존재합니다. 다양한 삶을 보지 못한 이들은 어떤 삶을 당연하게 여깁니다. 남자가 여자를 좋아하는 삶, 결혼을 원하는 삶, 매일 남의 살을 먹는 삶 같은 것들…. 누군가 철석같이 믿는 당연함은 실존하는 다양함을 지웁니다. 편리하지만 배타적이고 의도하지 않았지만 폭력적입니다. 지금 우리가 당연하게 여기는 가치들은 일시적으로 다수의 동의를 얻은 상태거나 수많은 희생을 치른 대가입니다. 운이 좋아 누리는 권리를 당연히 여기면 안됩니다. 끼니마다 고기 반찬을 먹고 음식물 쓰레기를 버려도 되는 것은 우리에게 그러한 자격이 주어졌기 때문이 아니라 당장 문제가 보이지 않으니 그래도 된다고 착각하기 때문입니다.

육식은 당연하지 않습니다. 간편하고 즐거운 식단이 아

닙니다. 100그램의 살점에도 목숨값이 하나 들어 있습니다. 누군가는 윤리적인 이유로 먹고 싶지 않아하고 누군가는 건강상의 이유로 먹고 싶지 않아합니다.

'비건을 실천하는 나'를 우선시했다면 식탁 위에 놓인 온갖 살점을 견디지 못했을 것입니다. 비수도권인 작은 지방도시에서 나는 이들이 겪는 유일한 채식주의자일 때가 많습니다. 그렇기에 나의 감정 상태보다는 거북하지 않은 채식주의자가 되는 일이 더 중요하게 여겨집니다. 치킨을 봐도, 오징어를 봐도 아무것도 보이지 않는 척 술잔을 부딪힙니다. 죽음의 맛을 즐기는 연극에서 당신들은 동물의 시체를 먹고 있다고 외칠 수 없는 노릇입니다.

그래도 이젠 세 번 중 한 번 꼴로 모두가 채식 메뉴를 먹으러 갑니다. 내가 가는 모임마다 동물을 먹지 않는 선택지가 추가됩니다. 이게 목적은 아니었지만 견딘 순간들에 대한 보상처럼 느껴집니다. 선택지가 많지 않기에 가는 가게는 정해져 있습니다. 채식 짜장면과 양장피를 파는 중식당, 도보거리에 있는 비건 안주를 파는 맥주집. 배제되는 이 없이 모두가 맛있게 먹을 수 있는 음식이 차려집니다. 꾸준히 모임을 나가다 보니 나와 단 둘이 남았을 때, 조심스럽게 자기도 육식에 거부감이 든다고 밝히는 사람들이 종종 있습니다. 나를 만난 이후로 고기를 보면 동물이 떠오른다는 말을 들으면 반가움에 가슴이 두근거립니다. 죽음을 못 본 척하는 연극에서 깨어났다는 은밀한 고백처럼 느껴집니다.

비건이 아닌 세계에서 언제나 조금은 외롭습니다. 그래도 괜찮습니다. 사람은 틀릴 수 있지만 사랑은 틀리지 않기에, 증오보다는 사랑을 말하고 싶습니다. 결국 모든 문제는 덜 사랑하기 때문에 벌어진다고 보거든요. 우리가 동물을 인간처럼 사랑했다면, 그렇게 대하지 않았을 겁니다. 강제로 임신시키고 마취 없이 부리와 뿔을 자르고, 몸을 돌릴 수 없는 작은 철장에 가두지 않았을 거예요.

다음은 영화 〈인터스텔라〉에서 제가 가장 좋아하는 대사입니다.

"사랑은 인간이 발명한 게 아니지만 관찰 가능하고 강력하죠. 뭔가 의미가 있을 거예요. 우리 인간은 이해 못하는 그 무언가를 의미할지도 몰라요. 우리가 알지 못하는 더 높은 차원의 존재에 대한 증거일지 모른다고요. 사랑은 시

공간을 초월하는 우리가 알 수 있는 유일한 것이에요. 이해는 못 하지만 믿어보긴 하자고요."

　내가 없으면 막창집이나 고깃집에서 모이는 사람들을 거리낌없이 사랑하기 위해 어떤 감정의 스위치를 꺼둡니다. 옳고 그름이 아닌 닮음과 다름으로 바라보고 싶습니다. 제각각인 모두를 껴안고 싶습니다. 나라는 인간 하나가 누군가의 시간과 생명을 앗아가며 누리는 풍요를 생각하면 매 순간 감사하지 않을 수 없기 때문입니다. 누리는 자로서 기꺼이 기쁠 의무와 책임을 느낍니다. 그러니까 늘 행복한 얼굴로 괜찮다고 말할 겁니다. 밝은 목소리로 인사하고 두 팔 벌려 환영할 겁니다. 타인의 수고를 당연히 여기지 않는 사람, 물질에서 생태의 연결고리를 보는 사람, 관습을 합리화하지 않는 사람, 공생의 방향을 잃지 않는 사람, 제대로 이해할 수는 없어도 비건도 먹을만한 메뉴가 있는 식당을 찾는 수고를 기꺼이 감수하는 이 모든 사람들을.

　오늘은 어떤 안주를 시킬지 고민하는 친구들 사이로 슬쩍 끼어듭니다.

　"나는 물이면 돼."

썩지 않는 사과

사과 바질 샐러드

몇 주간 방치된 사과는 수분이 빠져 폭신하게 쪼그라들었지만
여전히 빨갛고 광택이 났습니다. 사과는 유통기한이 얼마나 될까요?

옷깃에 찬기가 스미기 시작하면 달콤한 사과를 먹을 수 있는 시기가 왔다는 뜻입니다. 일부러 알고자 한 건 아니었지만, 꽤 긴 시간 동안 사과를 보관할 수 있다는 사실을 알게 되었습니다. 친구가 선물한 탐스러운 사과를 사랑에 빠진 듯한 얼굴로 넙죽 받아놓고 까맣게 잊었기 때문입니다. 몇 주간 방치된 사과는 수분이 빠져 살짝 폭신하게 쪼그라들었지만 여전히 빨갛고 광택이 났습니다. 코를 대고 냄새를 맡아보니 향긋합니다.

사과는 유통기한이 얼마나 될까요?

실제 일본에는 썩지 않기로 유명한 사과가 있습니다. 기무라 아키노리라는 일본의 농부가 재배한 사과는 상온에 둬도 오랫동안 싱싱하여 '기적의 사과'로 불립니다. 그는 사과를 키우기 위해 농약이나 화학비료를 사용하지 않으며 잡초도 베지 않습니다. 농약 알레르기가 생긴 아내를 위해 약품을 쓰지 않고 사과를 키우기 시작했다고 해요. 몇 년간 실패를 반복하다 삶을 포기하기 위해 오른 산에서 건강한 야생의 사과나무를 마주하고 다시금 자연의 힘에 대한 믿음을 얻어 10년 만에 무농약 사과 재배에 성공합니다.

처음 사과꽃이 피기까지 걸린 10년이라는 긴 세월은 흙이 회복되는 시간이었습니다. 손이 푹푹 들어갈 정도로 부드러운 흙 덕분에 다른 밭에서 재배되는 사과나무보다 훨씬 깊고 넓게 뿌리를 내릴 수 있게 됐습니다. 살아난 땅에서 자란 사과나무는 약 없이도 병충해에 강하며 향과 맛이 좋은 열매를 맺습니다.

기무라 아키노리는 사과를 만드는 것은 결국 사과나무라며, 인간은 자연의 심부름꾼일 뿐이라고 말합니다. 그의 말대로 사람은 쌀 한 톨, 사과 한 알도 만들어 낼 수 없는 주제에 자연의 심부름꾼이 아닌 자연의 지배자처럼 살아갑니다. 우리 몸과 땅에 해를 끼친다는 사실을 알면서도 오직 잘 팔리는 예쁜 상품을 만들기 위해 각종 농약과 호르몬제를 뿌려댑니다. 인간의 욕심에 따라 만물을 키워내는 땅은 생명력이 약해집니다. 사람이 만드는 것은 사과가 아니라 당장의 이익입니다.

2021년 1월, 산림청은 오래된 나무가 탄소 흡수 능력이 떨어진다는 명분으로 벌목 계획을 발표했습니다. 30년 이상 된 오래된 나무를 베어 내고 30년간 30억 그루의 어린

나무를 심어 산림의 탄소흡수량을 늘린다고 합니다만, 나무의 최근 30년간의 생체 기능을 분석한 2018년 국립수목원(산림청 산하) 연구에 의하면 오래된 나무 73종 308그루의 연간 탄소흡수량이 일반 나무보다 13배 높았다고 합니다. 한 입으로 두 말하는 상황이지요. 환경단체를 비롯한 여론의 반대로 2021년의 벌목 계획은 취소되었지만, 2023년 7월 산림청은 또다시 비슷한 벌목 계획을 발표했습니다.

오래된 숲의 탄소 저감 기능 둔화는 과학적으로 입증된 바가 없습니다. 오히려 최근 연구 결과를 보면 나이 든 나무가 더 많은 탄소를 왕성하게 저장한다고 말합니다. 숲은 800년이 지나도 탄소를 흡수합니다. 2008년 과학 학술지 《네이처》에는 숲의 탄소 흡수량이 30년 무렵에는 주춤하다 100년이 넘어가면 급격히 증가하고 300년이 넘어갈 때 가장 가파르게 증가한다는 연구 결과가 실렸습니다.

멀쩡하게 살아 있는 나무를 '교체'하기 위해 산을 오르내리며 탄소 배출을 늘릴 이유가 있을까요? 세계자원연구소WRI 연구진은 "벌목으로 인한 연간 탄소 배출량은 항공에서 발생하는 연간 탄소 배출량의 3배가 넘는다"라고 말합니다. 인간의 활동은 엔트로피처럼 언제나 탄소를 증가시킵니다. 생태계 입장에서는 인간이 내버려두는 것이 도움입니다. 사람의 닿지 않은 자연은 기적의 사과처럼 놀라운 생명력을 보여줍니다.

온도와 습도가 잘 맞으면 사과를 3주 이상 저장할 수 있습니다. 기적의 사과는 아니지만 냉장실 야채 칸에서 제법 긴 시간 버틴 나의 사과를 꺼내 얇게 저밉니다. 잘게 다진 바질과 올리브유를 한 숟갈 넣어 버무리고 비싸지만 맛있는 잣을 절구에 빻아 골고루 뿌려주면 아삭아삭 매력적인 샐러드가 됩니다. 바질의 향긋함과 산뜻한 사과의 산미가 고소한 잣이 씹힐 때마다 부드럽게 어우러집니다. 올리브향이 모든 조화를 살립니다.

맑아지고픈 오래된 몸에 오래된 사과를 먹이며 창밖으로 겨울을 준비하는 나무들을 봅니다. 나무는 언제나 꽃을 피우고 열매를 맺습니다. 인간의 개입 없이도.

사과 바질 샐러드

사과를 얇게 저밉니다.

절구에 잣을 빻아주세요.

절구가 없다면
키친타월 사이에 잣을 넣고
칼로 다져도 됩니다.

바질을 먹기 좋게 잘게 다지고
올리브유 한 숟갈을 넣어
버무립니다.

사과와 바질을 접시에 담고 그 위로
잣을 가득 뿌려주면 완성입니다.

5000원짜리 애호박

애호박밥

오늘, 당신의 장바구니에 소고기 대신 애호박이 담기길 소망합니다.
우리 모두는 더 나은 선택을 하는 방법을 아는 자들이니까요.

애호박은 채식을 시작한 뒤로 늘 냉장고에 있는 채소 중 하나입니다. 없으면 살짝 불안할 정도로 자주 먹습니다. 부담 없는 가격에 손질이 쉽고 오래 보관할 수 있으며 거부감 없는 맛과 향으로 활용도가 높습니다. 찹쌀과 애호박으로 애호박밥을 지으면 쫄깃한 쌀알 사이로 수분기를 머금은 애호박이 부드럽게 으깨집니다. 달큰한 향을 뿜으며 씹히는 그 풍부한 맛에 반찬 없이도 두 그릇은 뚝딱 먹습니다. 밀가루 살짝 묻혀 기름에 지진 고소하고 달콤한 애호박전은 언제나 호응이 좋은 요리입니다. 라면 끓일 때 애호박 반 개를 깍둑썰기 해서 넣으면 인스턴트 느낌이 사라지고 찌개의 깊은 맛이 얼추 납니다. 시중 채식라면이 조금 싱겁게 느껴진다면 여기에 고춧가루를 한 숟갈 추가해도 칼칼하니 좋습니다. 물론, 몸값이 오른 애호박을 라면에 넣게 되면 배보다 배꼽이 더 큰 모양새가 되겠지만요.

어느 해엔가 1000원 남짓하던 애호박의 가격이 4배 이상 뛴 적이 있었습니다. 그해 긴 폭우로 햇볕을 쬐지 못해 작물들이 약해지고 병에 걸려 생산량이 줄었기 때문입니다. 쓸쓸하게도 유통 구조상 애호박 값이 폭등해도 농민들의 수익이 늘어나지 않는다고 합니다. 갑자기 크게 오른 가격에 놀라긴 했지만, 5000원이면 못 살 정도는 아닌데, 그 앞에서 한참을 망설였습니다. 이 현상이 그저 인간의 힘으로 피할 수 없는 자연재해, 유난히 길었던 장마 탓일까요?

'#이_비의_이름은_장마가_아니라_기후위기입니다'.

그해 여름, SNS를 통해 널리 퍼져나간 온라인 피케팅 운동의 메시지입니다. 많은 사람들이 공감하며 해시태그를 공유했습니다. 기후 변화는 이미 벌어지고 있는 일이었으나 길고 긴 장마로 인해 다소 자연현상과 분리된, 도시 생활에 익숙해진 사람들까지 경각심을 갖게 되었습니다.

환경부와 기상청이 공동 발표한 '한국 기후변화 평가보고서 2020'에 따르면 한반도 기후 변화는 전 지구 평균보다 약 2배 빠릅니다. 지난 100년간 전 지구 평균 지표면 온도가 0.85도 상승한 것에 비해, 한국은 약 1.8도 상승했습니다. 지금 추세라면 21세기 중반 대한민국에서는 사과 재배지가 사라지고 강원도에서 감귤 재배가 가능해집니다.

개인의 실천 중 가장 효과 있는 행동은 '식단의 전환'입니다. 공장식 축산은 환경 파괴의 명백한 주범임에도 그만큼의 사회적 논의가 이루어지지 않고 있어, 거리낌 없이 고기를 먹으며 환경보호를 논하는 촌극을 만들어 냅니다. 일회용품·플라스틱을 사용하지 않기 위해 애쓰고 에너지를 절약하고자 노력하면서 매끼마다 동물성 식품을 먹는다면 원하는 효과를 볼 수 없습니다. 무분별한 육식은 기후변화를 늦추거나 멈추기 위한 방법에 대해 충분히 고민하지 않았다는 증거입니다.

물론 모두가 조금씩은 그렇습니다. 생존을 위협할 수 있는 환경문제에서조차 고민과 실천을 게을리하는 영역이 있습니다. 우리 모두가 조금씩 게을렀던 덕분에 유일한 터전인 지구가 부지런히 뜨거워졌고, 달라진 기후로 인해 농작물 재배가 어려워지고 있습니다. 5000원짜리 애호박엔 그렇게 모두의 책임이 있습니다.

사람들은 흔히 자신을 미미한 먼지처럼 느끼곤 합니다. 무한한 우주까지 떠올리지 않더라도 스스로를 대수롭지 않게 여기는 일은 얼마든지 가능합니다. 유일한 자신을 80억분의 1에 불과하다고 여기고, 비싼 애호박 앞에서 망설이는 스스로를 '평범한 소시민'으로 축소하며 자신의 영향력을 과소평가합니다, 사실은 그렇지 않음에도.

'방금 식사를 마친 당신은 도축장이 아무리 멀리 떨어져 있더라도 도살을 공모한 셈이다'라는 랄프 왈도 에머슨의 말처럼 우리의 작은 선택 하나가 지구 전체에 영향을 미칩니다. 그 영향이 어디까지 어떻게 퍼질지 전부 알 수는 없지만, 부유하거나 유명하지 않아도 당신의 모든 선택은 끊임없이 세상을 바꾼다는 사실을 늘 기억했으면 좋겠습니다.

그해 이상하리만치 길었던 장마는 홍수를 야기했고, 저는 홍수를 피해 높은 지붕으로, 산비탈의 절로 도망친 소들의 사진을 보았습니다. '안전'하게 '구출'된 그들이 돌아간 곳은 죽음이 기다리고 있는 축사입니다.

모락모락 평화롭게 김을 뿜는 애호박밥을 한 술 떠서 꼭꼭 씹어 넘기며, 당신의 장바구니에 소고기 대신 애호박이 담기길 소망합니다. 소망이 현실이 되도록, 더욱 힘차게 꼭꼭 씹어봅니다. 우리 모두는 더 나은 선택을 할 줄 아는 자들이니까요.

애호박밥

현미 찹쌀을 씻어둡니다.

쌀뜨물은 버리지 말고 애호박을 씻거나
찌개를 끓일 때 써도 좋습니다.

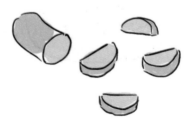

애호박은 반달 모양으로 자릅니다.

사실 모양은 아무래도 좋아요.

저는 살짝 도톰하게
써는 걸 좋아합니다.

쌀 위에 애호박을 올리고
물을 살짝 적게 넣습니다.

칙칙폭폭 소리를 내며
애호박밥이 익어갑니다.

그릇에 봉긋하게 담아
애호박밥을 즐겨보세요.

초식마녀 툰

어떤 존재들은

돼지고기, 저렴하게 먹는 법!

먼저 고기가 될
아기 돼지들의
송곳니를 뽑아요.

엄마 돼지의 젖을 상하게
할 수 있거든요!

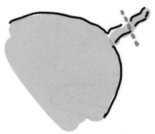

꼬리도 바짝 잘라요.
서로의 꼬리를 씹다가
전염병이 생기면 안 되니까요.

물론 이 모든 과정은
마취 없이 진행됩니다.
우리의 돈과 시간은 소중하니까요.

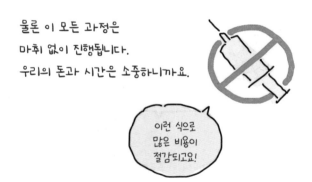

돼지는 6개월쯤 되면
도살장에 보내버려요.

더 키우면 사료값 손해 보거든요!

전염병이 돌면
살처분을 하는 수밖에 없어요.

2019년부터 2020년까지 아프리카돼지열병 때문에
38만 5000마리쯤 죽였어요.

이렇게 되면 여러분이
저렴하게 돼지고기
먹을 수 없겠죠?

세금으로 보상받거나
지원을 받아요.

그래서 여러분은 1, 2만 원에 맛있는
돼지고기를 먹을 수 있어요.

보이지 않는 곳에서
모두 열심히 노력한답니다.

이게 다 거짓말처럼 느껴지네.

비건한 미식가

ⓒ 초식마녀, 2024

초판 1쇄 인쇄 2024년 6월 10일
초판 1쇄 발행 2024년 6월 18일

지은이 초식마녀
펴낸이 이상훈
편집1팀 이연재 김진주
마케팅 김한성 조재성 박신영 김효진 김애린 오민정

펴낸곳 (주)한겨레엔 www.hanibook.co.kr
등록 2006년 1월 4일 제313-2006-00003호
주소 서울시 마포구 창전로 70(신수동) 화수목빌딩 5층
전화 02-6383-1602~3 **팩스** 02-6383-1610
대표메일 book@hanien.co.kr

ISBN 979-11-7213-076-3 03810